经典写作课
WRITING

写作人
天才的怪癖与死亡
Vidas Escritas

〔西〕哈维尔·马里亚斯 著
Javier Marías

姚云青 译

人民文学出版社
PEOPLE'S LITERATURE PUBLISHING HOUSE

著作权合同登记号　图字 01-2021-2379

Javier Marías
Vidas Escritas

Copyright © 1992 by Javier Marías
Published in agreement with Casanovas & Lynch Agencia Literaria, through The Grayhawk Agency Ltd.
All rights reserved.

图书在版编目(CIP)数据

写作人:天才的怪癖与死亡 / (西) 哈维尔·马里亚斯著;姚云青译. —北京:人民文学出版社,2021(2023.1 重印)
(经典写作课)
ISBN 978-7-02-016802-6

Ⅰ.①写… Ⅱ.①哈… ②姚… Ⅲ.①散文集-西班牙-现代 Ⅳ.①I551.65

中国版本图书馆 CIP 数据核字(2020)第 251489 号

责任编辑　朱卫净　何炜宏　邰莉莉
封面设计　钱　珺

出版发行　人民文学出版社
社　　址　北京市朝内大街 166 号
邮　　编　100705

印　　刷　山东新华印务有限公司
经　　销　全国新华书店等

字　　数　135 千字
开　　本　889 毫米×1194 毫米　1/32
印　　张　10.5
版　　次　2021 年 8 月北京第 1 版
印　　次　2023 年 1 月第 2 次印刷

书　　号　978-7-02-016802-6
定　　价　65.00 元

如有印装质量问题,请与本社图书销售中心调换。电话:010-65233595

目录

序 001
前言 001

写作人生 001
马背上的威廉·福克纳 003
约瑟夫·康拉德在陆地上 010
伊萨克·迪内森的垂暮之年 017
摆造型的詹姆斯·乔伊斯 025
朱塞佩·托马西·迪·兰佩杜萨在课堂上 033
访客亨利·詹姆斯 041
阿瑟·柯南·道尔与女人 050
罗伯特·路易斯·斯蒂文森与犯罪者 060
悲哀的伊凡·屠格涅夫 070
苦痛缠身的托马斯·曼 079
狂喜的弗拉基米尔·纳博科夫 088
等待中的莱纳·马利亚·里尔克 098
多灾多难的马尔科姆·劳瑞 109
杜·德芳侯爵夫人与愚者 119
不苟言笑的拉迪亚德·吉卜林 130
反艺术的阿蒂尔·兰波 140
沉默的朱娜·巴恩斯 150

奥斯卡·王尔德出狱后	161
三岛由纪夫之死	171
劳伦斯·斯特恩的离别时刻	181

红颜易逝 193

赫斯特·斯坦霍普　沙漠女王	195
弗农·李　"豹猫"	201
艾达·伊萨克斯·门肯　马背上的女诗人	208
维奥莱特·亨特　"巴比伦荡妇"	215
朱莉·德·莱斯皮纳斯　多情恋人	222
艾米莉·勃朗特　沉默的"少校"	228

完美艺术家 235

图片及说明	237
完美艺术家	279

后记：老年人的娱乐	300
参考书目	308
作家回忆录书目	317

序

关于文学的历史和典故总是尤为引人入胜，同时我们也从中获益匪浅。哈维尔·马里亚斯在《写作人：天才的怪癖与死亡》中所列的作家小传也不例外。本书以别具一格的创新方式，打破了我们对那些久负盛名的大作家的刻板印象——包括杜·德芳侯爵夫人、劳伦斯·斯特恩、伊凡·屠格涅夫、拉迪亚德·吉卜林、莱纳·马利亚·里尔克、伊萨克·迪内森等。所有这些作家有几个共同点：已经过世、来自海外，而且名满天下。

通常，在面对这种情况时，学者们首先要做的就是引经据典，他们会翻遍这些作家的自传、回忆录以及来往信件，这对专家来说可谓最重要的工作。在本书的最后，作者也列出了一份长长的索引，其中包括他为写作本书所查阅过的所有参考文献。但是，本书作者所作并非仅仅只是历史记录，甚至不算是一份完全只忠于史实的人物传记。相反，哈维尔·马里亚斯在写作本书时注重真实，他不仅只采纳历史上所记载的史实，更致力于挖掘许多被掩盖的事件背后的真相。有些人会质疑，文学的记录能否保持永垂不朽？也许读完此书，他们自会找到答案。

在任何情况下，要区分事实与可能性的边界都并非易事，何况在作家的传记中，许多事实可能出自虚构，源自作家本人所创作的故事与小说。本书作者曾在自己的小说《灵魂之歌》中，借故事的主角、一位词源学专家之口说过："有时候，真相是怎么来的根本无关紧要，所以它是可以编造的。"在描述那些曾经真实存在过的作家时，哈维尔·马里亚斯本人的态度也与之类似。他笔下人物的行为，无疑反映了部分他本人的想法，这一点并不令人意外。但在本书中，所有看似戏剧性的情节都是经过仔细斟酌的。

哈维尔·马里亚斯在写作时，更注重对各位作家个体的描述，而非名望给他们所带来的虚妄名声。在他的笔下，一个个十八世纪、十九世纪和二十世纪的文学大师鲜活地从他们所属的时代中向我们走来，我们可以得以一窥这些作家忙碌而平淡的日常生活的种种细节。当然，作者这样做，绝不是为了满足某些人庸俗的窥私欲望，而只是想借此方式，重现这些作家人性化的一面——这些作家在文学史上的地位备受尊崇，反而导致他们"有人情味儿"的一面随着时间的推移逐渐被掩盖甚至消失,直到哈维尔·马里亚斯用手头能找到的已经为数不多的剩余材料,为他们再现出这一特质。为将这些人物从神坛上拉回人间,作者一边毫不吝啬地表达自己对笔下人物的喜爱,一边用略带夸张的笔法对他们加以讽刺,这种矛盾的风格可谓"尊重与讥讽的混合"。

一个又一个作家,一个又一个天才。从本书的一篇篇小传中,我们可以读到每个人物复杂的一面,既有美好品德的呈现,也有性格缺陷的展示,但作者仅在少数情况下会对作家们的缺点加以嘲讽。在《写作人:天才的怪癖与死亡》中,作者一改以往这类作家传记枯燥乏味地陈述编年史、列举作家的作品清单的方式,为我们绘制了一幅幅略显凌乱的作者像,展现了这些文学天才的种种奇闻怪癖。他以一种轻松诙谐的语调谈及此事,但我们并不确定,这种种稀奇古怪的行为到底是阻碍还是更进一步助力了这些天才的文学创作。因为,在我们读着这些轻松的小故事,读到这些情节时,我们势必会提出那个无法得到解答的疑问:对于一件艺术作品来说,谁才是它的创作者?一件优美的艺术作品,与它的创作者之间究竟有何联系?或者说,至少就文学领域而言,在那些令人难以忘怀的经典文字的背后,它的创作者究竟是一个怎样的人?

哈维尔·马里亚斯在他的这部作品中并未给出自己的评论，只是简单地陈述事实。在许多故事中，他用一种利落而干脆的笔触，大量描写了作家们的种种反常怪癖。他以既大胆又稳重、既随意又谦恭的态度，描绘出一幕幕带有喜剧色彩的场景，再现了每位作家生活中的几个极具画面感的片段。这些喜剧小品般的场景淡化了读者对大文豪们的敬意，让我们不由自主地露出微笑。例如，他写水手约瑟夫·康拉德"如果掉了支笔，他不会立即把笔捡起来继续写作，反而会花好几分钟时间用手指敲击桌面，为这场事故而恼怒"。或者，他会讲到贵族朱塞佩·托马西·迪·兰佩杜萨每天早上会去巴勒莫地区的书店和面包房逛逛，手里提着一个皮质的袋子，"里面鼓鼓囊囊地塞满了书本、甜点、点心等等。他得靠这些点心撑到晚上，因为家里不提供午饭"。通过他的文章，我们仿佛还能看到威廉·福克纳在密西西比大学的邮政所担任管理员的工作时，是多么的玩忽职守：他沉迷书本，既不好好卖邮票也不好好分拣信件，甚至大学的老师们"不得不去后门的垃圾桶翻找才能找到自己的邮件；很多情况下，他收到包裹后甚至都不打开，就直接原封不动地扔出去"。

一位作家越是杰出，对他的溢美之词越多，当事人也就越有可能做出种种荒谬可笑的行为，甚至闹出丑闻。这令人不禁疑惑，难道获得艺术天赋的代价就是必然会陷入疯狂？然而，事实并非如此。在本书中，作家们的种种奇谈怪论和荒唐举动虽然不胜枚举，但哈维尔·马里亚斯想要证明的理论恰恰与之相反：艺术并非必定伴随疯狂而生，这种陈词滥调缺乏依据。他本人曾在一篇回顾本书的当代散文《充实的头脑》中说过，如果这些作家的言行举止令人觉得荒唐古怪，只是因为大家对他们过于苛求，总希望这些人能够"免俗"——"不管是乔伊斯、奥斯卡·王尔德还是斯蒂文森，他们在历史上所记载下的种种所作所为，和他们同时代的银行家、政客、办公室文员、工程师、医生或鞋匠等人都没什么不同，只不过那些人没有在史上留名罢了。我可以肯定，在我们看来，那些人的'离奇'或'反常'之处，和我们在这些作家身上所看到的应该也没有什么两样"。

通过种种"不完美""怪诞""倒霉""专横"的人性展现，哈维尔·马里亚斯在书中证明了"艺术巨匠"在人品上也必须是"完人"的理念已经过时了。尽管在当今这个民主时代，打造完美偶像的风气已经渐渐不再盛行，但作家们在为名人立传时，依然习惯于遵循传统，将笔下人物的种种不足之处以委婉言辞掩盖，甚至故意删除。事实上，这些传记虽然是基于史实写成的，但通常其创作目的仍是为了打造一个道德典范的形象。专家们遵循古训，一径想要证明，文采之美必定出自文德之美，作家的人品必与其作品同样伟大，为此甚至不惜在写作中罔顾事实真相。

然而，在《写作人：天才的怪癖与死亡》中，我们看不到这种幻想。尽管文中采纳的大量细节与传统传记相一致，但在本书中，作者的首要目标是塑造作家们有血有肉的真实形象。在本书中，每位作家的小传开头都配有一张照片。在1992年的第一版作品中，这些照片由图书编辑负责摘选：每张照片都精致细腻，大部分带着贵族般的优雅，有些则颇具学术风范。但到了2000年的增订版中，这些照片全部都被撤换了。哈维尔·马里亚斯本人亲自挑选了书中所配的照片，换成另一批没那么精心修饰的，其中许多都是抓拍，这些照片看起来更自然，照片上的人物看起来更像这世间的普通民众，而非他们进入神圣的文学殿堂后那种高高在上的形象。这日常的一面如今已不复存在，但它们确实曾经存在过。这些生动的形象所表达的远远比文字所能概括的更多。在这些照片上，已故的作家们从遥不可及的远处或凝视着我们，或对我们视而不见，其个人魅力依旧丝毫无损。

在最后一个篇章《完美艺术家》中，哈维尔·马里亚斯亲自证实了寥寥几张照片的背后隐藏了多少故事。在这篇文章中，作者并未陈述作家们的生平事迹，只是通过这些照片深入研究他们的音容笑貌，阐述了"作家的容貌如何同样地构建成他们作品的一部分"。从文学的角度来看，存在这种可能。当然，两者的联系很隐蔽，也很难证明，只有敢于跳脱常规、不拘一格的创作者才能看出这一点。

——埃莉德·皮塔雷洛[1]

---

[1] 埃莉德·皮塔雷洛，1947年生，威尼斯Ca'Foscari大学西班牙文学教授，重点研究20世纪与21世纪的西班牙文学。

前言

本书的创作灵感源于我的另一部作品——1989年出版的《独一无二的故事》一书中(西卢埃拉出版社在马德里初版;"雷东达王国版"①2004年在马德里再版),我曾收集过一系列稀奇古怪的故事,在每个故事的开头都有一个作家的简介,所选的作家都极为小众。由于这些作家太过没有名气,许多情况下,我都很难找到相关的资料,有限的信息寥寥无几且十分零碎。书中的许多故事也显得十分荒唐古怪,看起来仿佛是我自己生编硬造的,也难怪不少读者会因此质疑故事的真实性。但事实上,读完全书后读者会发现,每个故事前的这段作家小传,其独特性与怪异性一点不亚于作为正体的那些故事本身。

我当时确信(至今我仍对此深信不疑),会出现这

---

① 雷东达王国是加勒比海地区一个位于雷东达岛的私人国家的名称。在哈维尔·马里亚斯的小说《灵魂之歌》中,主人公继承了雷东达岛的国王头衔。

种情况，不仅是因为我所能找到的关于这些命运坎坷、被人遗忘的作家的信息本身就十分独特且零散，更是因为这种前所未有的传记写作手法给读者造成了如是印象。由此我想到，也许我可以用同样的笔法来描绘那些广为人知的著名作家。与之前的例子相反，这些作家来自近一个世纪以来信息丰富的时代，好奇的读者可以找到关于他们生平任何一个细节的详细资料。但我的想法是将这些著名的文学巨匠当作小说中的人物来描绘，这也许也是所有的作家——不管是知名的还是早就被人遗忘的——内心所暗暗期待的吧！

本书任意选取了二十名作家（三名美国人、三名爱尔兰人、两名苏格兰人、两名俄罗斯人、两名法国人、一名波兰人、一名丹麦人、一名意大利人、一名德国人、一名捷克人、一名日本人，还有一名出身在印度的英国人和一名英国本土的英国人，如果要按出生地细分的话）。唯一的选取标准就是所选作家均已过世，此外，我还坚持将西班牙本土作家排除在外。一方面是因为已有许多同胞在从西班牙文学的宝库中寻找灵感和创作素材，我不想再去触碰这一领域；另一方面，也是因为一些文学评论家和我的西班牙同行曾多次在不同的场合批评我"缺乏西班牙特色"（不止是我所使用的语言、我的文学创作几遭诟病，甚至还有人批评我缺乏西班牙民族精神）。因此到最后，我决定克制自己，不去谈论我国的那些知名作家，尽管其中不少作家在我的最爱之列：仅在已故作家中，就有马尔希①、贝尔纳尔·迪亚斯②、塞万提斯、戈维多③、托雷斯·比亚罗尔④、拉腊⑤、巴列-因克兰⑥、阿莱克桑德雷⑦等等。尽管我很想亲自讲讲他们的故事，但鉴于评论家们坚信我没有这个资格，因此我选择相信他们的评价，不要贸然行事。

本书讲述了许多作家的生平，严格来讲，是他们生平中的一些片段。我尽量不对他们的作品进行任何评价，我对这些人物的同情或反感，也与我对其文学成就的喜好无关。本书完全不是一本圣徒传记式的作家传，

---

① 奥西亚斯·马尔希（1397—1459），文艺复兴时期加泰罗尼亚诗人，擅长讽刺和对现实展开批判。
② 贝尔纳尔·迪亚斯·德·卡斯蒂略（1492—1584），16世纪初的西班牙士兵，参与了西班牙在中美洲的征服战争，晚年曾任危地马拉的安提瓜市政会议成员。他在84岁时写了《征服新西班牙信使》（新西班牙为墨西哥旧称）。
③ 弗朗西斯科·戈维多（1580—1645），西班牙贵族政治家，也是巴洛克时期的著名作家，是他的时代最杰出的诗人之一。
④ 迭戈·德·托雷斯·比亚罗尔（1694—1770），西班牙作家、诗人、剧作家，萨拉曼戈大学教授。
⑤ 马里亚诺·何塞·德·拉腊（1809—1837），西班牙浪漫主义作家，最出名的是杂文。
⑥ 拉蒙·德·巴列-因克兰（1866—1936），西班牙剧作家、小说家和诗人，西班牙98世代的代表人物之一。
⑦ 维森特·阿莱克桑德雷（1898—1984），西班牙诗人，1977年获诺贝尔文学奖。

其中也没有为艺术家著书立说时所常见的那种庄严隆重感。在我看来，本书的风格介于尊重与幽默之间。我对书中所提及的每位作家毫无疑问都是十分尊敬的，同时我必须承认，在写作乔伊斯、托马斯·曼和三岛由纪夫的故事时，我多少有那么一点儿讽刺。

我并不奢望从这些作家的生活中得出什么经验教训或领悟什么人生真谛：在本书中，我所展示的只是这些作家生活中的几个侧面。这些作家在日常生活中，既有过值得称道的行为，也有不值得提倡的错误举动，这点不管在我选用的那些片段，还是被我弃之不用的一些细节中都各自存在。此外，尽管本书的所有细节都基本基于史实，无一捏造（即没有完全虚构的情节），但有些篇章和轶事确实经历过"艺术的加工"。无论如何，读者读到这些作家的故事后，其第一印象势必就是，书中的大部分作家命运多舛；尽管其实他们的命运也许和与其同时代的其他无名之辈并没有什么两样，但他们的经历可并不是能鼓舞后辈踏上文学之路的励志榜样。幸运的是（这点值得重点强调一番），除了我前文所提到的三个引起我的戏谑的作家之外，至少大部分作家都没有把自己的坎坷命运太当一回事；虽然我也曾怀疑，文中所提到的这种无所谓的态度到底是由于作家们本身的性格使然，还是出自后世传记作家们片面、主观的视角的误导。

如果有些多疑的读者想亲自查证书中的细节，或调查本人行文时是否有"过度美化"的嫌疑，可自去参考书后所附的书目清单，尽管其中所列的许多文献都不太容易找到。

本书收录的系列文章最早刊登于《实践出真知》杂志的第 2 期至 21 期。在本书的结尾，我以一篇《完美艺术家》收尾，这篇文章的风格与前文截然不同（这篇文章只谈作家们的音容笑貌）。《完美艺术家》最初刊登于《漫游者》杂志第 17 期。在此我要尤其感谢《实践出真知》杂志的编辑哈维尔·普拉代拉和费尔南多·萨瓦特尔，感谢你们对我的严格坚持和温柔鼓励，才促使了这些传记故事的诞生。

哈维尔·马里亚斯
1992 年 2 月

附：补记于七年零七个月后

这本书的最新版本与初版相比变动不大，但依然值得一提。

在新版中，我对部分作家的"人生故事"进行了细微润色和加工，其他故事则维持原貌。大部分"人生故事"前的照片作家小照与1992年版本有所不同（在1992年版本中，编辑雅各布·菲兹·詹姆斯·斯图尔特负责挑选照片，而在这个版本中照片由我本人亲自择选）。

新版本中增加了一个章节，是首次加入本书内（这个篇章曾在1993年入选我的文选集《文学与志怪》中，2001年由阿尔法瓜拉出版社在马德里出版）。新的篇章名为"红颜易逝"，是在1992年本书初版问世后写成的，但与之前的写作宗旨是一致的。因此，我认为这一系列作家小传更适合囊入本书中。该系列最早刊登于《女性》杂志（1993年5月—10月刊）。

回顾我在七年零七个月以前所写的前言，我只想补充一点。七年来，关于我"不够有西班牙特色"的说法传播得更广、更言之凿凿了。另外，在我最喜爱的已故西班牙作家的清单中，我如今还要加上胡安·贝内特的名字，他于1993年去世。

随着时间的推移，我开始意识到，尽管我享受写作每本书的过程，但在写作本书时，我无疑获得了最大的乐趣。这也许是因为在本书中不仅能读到"写作"，更能读到"人生"。

哈维尔·马里亚斯
1999年9月

谨以本书献给

我的父亲胡利安

与我情同兄妹的茱莉亚

及所有读者

写作人生

马背上的威廉·福克纳

在某些文学逸闻传说中，威廉·福克纳花了六个星期，在异常艰苦的环境中完成了作品《我弥留之际》。比如，据说他在矿井上夜班之际，把稿纸铺在一辆推车背面写作，而且只能借自己灰尘满布的矿工头盔上的头灯发出的昏暗光线照明。这种版本的文学传说，显然是企图把福克纳打造成贫困而具有献身精神的无产阶级作家中的一员。事实上，该版本中只有六个星期的说法是唯一真实的：当时，福克纳在电厂工作，他利用铲煤和烧锅炉之间漫长的间隔时间完成了这部作品。根据福克纳自己的说法，在电厂写作可不受打扰，庞大而老旧的发电机发出持续不断的轰鸣声，令他感到"平静"，而电厂这个环境则"温暖而又安静"。

福克纳对于文学与阅读的抽象概括能力是毋庸置疑的。电厂的工作是他父亲替他找的，在此之前，他曾在密西西比大学的邮政所担任管理员的工作，后来被炒了

威廉·福克纳，1958 年
拉尔夫·汤普森摄

鱿鱼。很明显，在他还在邮政所工作时，大学的老师对他的投诉完全情有可原。那时，人们不得不去后门的垃圾桶翻找自己的邮件；很多情况下，他收到包裹后甚至都不打开，就直接原封不动地扔出去。福克纳不喜欢在读书时被人打扰，他对卖邮票的工作尤其深恶痛绝：他曾经对家人解释过，自己不想时刻准备着起身到小窗口，"恭敬地听从任何一个有两分钱买邮票的龟孙子的使唤"。

也许正是因为这一段不愉快的经历，导致了福克纳对邮政系统露骨的鄙视与厌恶。在他死后，人们发现了原封未动的一叠叠信件、包裹、书迷写给他的信，都从未被拆开看过。事实上，他向来只看出版社给他寄来的信件，而且开得小心翼翼：他会先把信封撬开一条缝，然后使劲摇晃，看看能不能从里面倒出一张支票来。如果没有找到支票，他就会把那封信和其他邮件一起束之高阁，从此再也不闻不问。

福克纳始终热心关注支票，但不能因此就说他吝啬或财迷心窍，更主要的原因是他用钱挥霍无度。他总是会很快花光自己赚来的钱，随后有一阵子靠举债度日，直到收到新的支票。他会用新的支票先去还债，随后把剩下的钱继续挥霍在马匹、烟草、威士忌上。他的衣饰不多，但十分注重脸面。早在他十九岁的时候，他就因热衷时尚得了个"伯爵"的外号。如果一段时间流行紧身裤,届时他的裤子就会是整个他所住的牛津镇(密西西比)上最紧的。福克纳1916年离开牛津镇,前往多伦多接受英国皇家空军的训练。由于学时不够,美国人拒绝了他的入伍申请,而英国人则因为他的身高不达标而同样拒绝了他。为此,他曾威胁说要去为德国人开飞机。

曾经有一次,一个年轻人去拜访福克纳,发现他一手拿着已经熄灭的烟斗,另一手牵着马缰绳,在陪他的女儿吉尔骑小马。年轻人在寒暄时问他,孩子从多大开始骑马,福克纳没有马上回答。他过了一会儿才说:"从三岁就开始骑了。"之后他又补充道:"您知道吗?女人一生中只要学会三件事就够了:说实话、骑马、在支票上签字。"

吉尔并不是福克纳的妻子艾丝特尔的第一个女儿。艾丝特尔在上一段婚姻中已经有了两个孩子。俩人的第一个孩子在出生后五天死亡。他们给她起名叫阿拉巴马。当母亲卧病在床时,福克纳的兄弟们正好不在城内,没能来探访。福克纳不想为孩子举办葬礼,因为孩子留给他的只有这短短五天的回忆,不足以令他把孩子当做"某个具体的人"来看待。因此,他把孩子的尸体放进一具小小的棺材里,埋进墓地。他独自一人给孩子建了墓，没有告诉任何人。

福克纳于1950年获得诺贝尔文学奖。一开始，他拒绝去瑞典领奖，不过最后他不但去了，还"由国家机构指派"，拜访了欧洲和亚洲。他收到数不清的活动邀请，但表现得不算出色。有一次，他的法国出版社伽利马出版社为他举办了一次宴会，在现场，记者每问一个问题，他就一边简洁地回答，一边往后退一步。最后他一步步地退到了背贴着墙壁的位置，直到这个地步，记者才不得不放过他。随后他逃去了花园。此时有些人自告奋勇说要去找福克纳谈谈，但立刻就又回来了，用变了调的声音给自己找借口："外面真冷。"

福克纳性格沉默寡言，喜好安静，一辈子只去过五次剧院：看《哈姆雷特》去了三次，还有一次是去看《仲夏夜之梦》，一次是看《宾虚》。他也不爱读弗洛伊德的作品，至少曾经有一次他说过："我从来没看过弗洛伊德的书，也没读过莎士比亚。我不确定自己有没有读过麦尔维尔的作品，但《白鲸》肯定没读过。"《堂吉诃德》他倒是年年读。

但同时他也承认过，自己并不诚实。归根到底，用他的支票、骑他的马的女人也不止一个。《圣殿》是福克纳写的最商业化的小说，他常说自己写这部作品就是为了钱："我需要钱去买一匹好马。"他还说过，自己不爱去大城市，因为不能骑马过去。在他上了年纪以后，他的家人和医生都曾郑重地劝他不要再骑马了，但他依旧时不时骑马跳过篱笆，并常常从马背上摔落。他最后一次骑马时又从马上摔落了。他的妻子从家里看到福克纳的马背着马鞍，靠在栅栏门边，缰绳已经松开，她的丈夫却不在马背上。于是她立即打电话给菲利克斯·林德医生，俩人一起出门去寻找福克纳。他们在离马差不多有半英里的地方发现了他，一瘸一拐，几乎是在拖着身体走路。马把他甩了出去，他摔伤了背，几乎爬不起身。他的马走开几步后，又停下来回头看他。待福克纳终于爬起来之后，那匹马走近他，用鼻子轻轻地蹭他。福克纳曾经试图抓住缰绳，但是失败了。之后那匹马朝家的方向跑去，从他的视线中消失了。

威廉·福克纳在床上躺了一段时间，伤病缠身，痛苦不堪。他过世时还未完全从这次摔伤中恢复。家人送他去医院观察病情，最后他是在医院中过世的。但由于"从马背上跌落而摔伤并导致死亡"听起来不够精彩，因此文学逸闻编造了他因血栓而死亡的版本。福克纳死于1962年7月6日，死时还未满六十五岁。

人们曾经问过福克纳，他最喜欢的当代美国作家是哪位。福克纳回答，当代美国作家的所有作品都很失败，但在所有的失败中只有托马斯·伍尔夫的作品稍微好些，第二名就是他威廉·福克纳。他坚持这个说法很多年，但别忘了托马斯·伍尔夫早在1938年就已过世，也就是说，在威廉·福克纳所经历的那个时代，他自认为是所有还活着的作家中最优秀的。

约瑟夫·康拉德在陆地上

约瑟夫·康拉德以书写了众多航海题材的小说而著称,因此,人们总认为他一直都在海上漂流,却忘了其实康拉德人生中最后三十年的日子几乎都是在陆地上、在伏案写作中度过。事实上,和许多出色的水手一样,他痛恨旅行,反倒最爱躲在书房中艰辛地写作,或与亲朋好友聊天。不过,他在专用的书房工作的情况并不多见。康拉德常常喜欢躲在他在肯特郡家中花园最隐蔽的角落中,在纸屑上涂涂画画;据说有一次,他甚至霸占浴室长达一周,也不给家人解释自己这样做的原因。而在这段时间,他的家人只能在非常有限的时间内使用浴室。有些时候,更成问题的是他的奇装异服。康拉德有时拒绝穿衣服,浑身只着一件褪色的黄条纹浴袍。每逢这时,如果朋友们不打招呼就上门,或有美国游客自称"路过"登门拜访,场面就会变得极其尴尬。

最令他的家人紧张的是康拉德烟不离手的顽习带来

约瑟夫·康拉德，1916

的安全隐患。他总是手夹一支香烟，抽不了几口就随手乱扔。他的妻子杰西已经习惯了家里的书本、床单、台布和家具上到处都是焦痕，但多年以来她一直提心吊胆，生怕她丈夫会不慎把自己给烧死。经过她的苦苦哀求，康拉德总算习惯了把烟头丢进家里专门准备的一个装满水的花瓶里。尽管如此，他还是引发了好几次火灾事故。不止一次，由于坐得太靠近炉灶，他差点烧着自己的衣服；在他读书的时候，由于一直把书凑近蜡烛照明，书读到一半就烧起来的情况也是司空见惯。

不用说，康拉德是个时常心不在焉的人，但他性格中最大的特点在于他的自相矛盾：他时而暴躁易怒，时而屈尊纡贵。尽管这种矛盾也许可以用互补来解释——他天生容易紧张，时常焦虑不安，同时他又对他人十分敏感，他的朋友哪怕遭受一点最轻微的挫折，都能引起他的痛风发作。这疾病是他年轻时在马来群岛航行时落下的病根，令他一辈子都深受其苦。儿子博雷斯参加了第一次世界大战，在他服役时，有一天，康拉德的妻子杰西外出了一天，晚上回家时，家里的女佣哭着告诉她，康拉德老爷告诉用人们博雷斯阵亡了，之后他就把自己关在儿子的房间里长达数小时。然而，女佣又补充说，家里并没收到过任何相关的来信或电报。杰西·乔治·康拉德双腿颤抖地走上楼，找到已陷入狂乱的丈夫,问他为何如此坚信儿子已经被杀,他则恼怒地回答:"难道我就不能像你一样有感觉吗?我就是知道他已经死了!"但过了没一会儿,康拉德又平静下来去睡觉了。后来他的直觉被证实是错的,但看起来当他陷入胡思乱想时,没有任何方法能够阻止他。他总是处于极度焦虑不安的状态中,并因此暴躁易怒。他很难控制自己的脾气,但每次发作过后,他又显得若无其事,有时甚至都不记得自己之前的发作。当他妻子生第一个孩子博雷斯时,康拉德在家里的花园中激动不安地来回踱步。他突然听到一声婴儿的哭喊,便愤怒地冲向厨房,对着当时的女佣大喊:"赶紧把那孩子弄走!他吵到康拉德夫人了!"女佣则用显然更愤怒的语气对他回话:"那是您自己的孩子,老爷!"

康拉德的性格相当暴躁易怒,如果他掉了支笔,他不会立即把笔捡起来继续写作,反而会花好几分钟时间用手指敲击桌面,为这场事故而恼怒。他的性格对他周围的人来说始终是个谜。由于内心的焦灼,他时常长时间一言不发,哪怕有朋友陪在自己的身边。他的朋友们会耐心地等待他重新开口,而当他愿意说话时,他的发言则极富感染力,叙事技巧甚为精妙。据说比起他的故事和小说,他在日常聊天时的语言风格更接近他在散文集《大海如镜》中的文风。通常,在他陷入没完没了的沉默，看起来好像很是深思熟虑了一番之后，他会突然抛出一个与之前的话题毫不相干的问题，比如："你怎么看墨索里尼？"

康拉德平时戴单片眼镜，讨厌诗歌。据他妻子说，他一生只称赞过两本诗集，一本是一个年轻的法国诗人写的，她不记得名字了；另一本是他的朋友阿瑟·西蒙斯的作品。不过也有人曾经肯定地说，康拉德喜爱济慈的作品，讨厌雪莱。不过他最讨厌的作家当属陀思妥耶夫斯基。他讨厌他是俄国人、认为他性格疯狂、文笔混乱。只要在他面前提到陀思妥耶夫斯基的名字，他就会大发雷霆。康拉德饱览群书，他崇拜福楼拜和莫泊桑，对他们的作品烂熟于心。他尤其喜爱散文作品。在他还没向自己的妻子求婚时（也就是说，在俩人之间还没建立起多少信任时），有一天晚上，他忽然带着一包稿纸出现在杰西家，请这位年轻姑娘高声朗读其中的几页，那是他的第二部小说中的一部分。杰西·乔治答应了，她既激动又害怕，但康拉德极度紧张，更是给她添乱。"别管这一段，"他会说，"这不重要，从下面三行开始读，跳过这页，还有这页。"有时他甚至会批评她的朗读："念得清楚点；如果你累了就说，别吃音。你们英国人都一个样，念所有的词都是同一个调调。"有趣的是，康拉德对他人的口音如此吹毛求疵，他自己说话时却带着极重的外国口音,尽管在写作时,他对英语的掌控是那个年代里所有作家中最出色的。

康拉德直到三十八岁时才结婚,他和妻子之前以朋友的身份相处了好几年。当他最终求婚时,他说的和自己的部分小说一样悲观:他说自己已经时日无多,还说对生孩子丝毫不感兴趣。但之后他又补充了一些积极的看法,说尽管如此,他相信自己和杰西可以一起度过几年幸福快乐的时光。未婚妻的母亲与求婚者见面后,也表达了同样的悲观,她表示"看不出此人为何想要结婚"。虽说如此,康拉德却是一个浪漫的丈夫:他经常给妻子送花,每写完一本书还会送她大礼。

尽管康拉德年幼时就失去了双亲,对他们的记忆十分模糊,但他严格遵守家族传统,并十分在意自己的祖先。他曾经不止一次叹息着讲起自己的一个叔祖父在随拿破仑打仗,从莫斯科撤退时,由于过度饥饿,曾和另外两名军官一起宰杀了一条"不幸的立陶宛狗"充饥。自己的一个亲属竟然吃过狗肉,这段历史令他感到十分羞耻,他甚至因此对拿破仑这个人也没有什么好感。

康拉德去世得很突然。1924年8月3日,他在自己位于肯特郡的家中去世,享年六十六岁。在去世前一天,他已经开始感到不舒服,但家里没人预见到随之而来的死亡。因此,当大限来临时,他正独自待在房间里休息。他妻子当时在隔壁房间听到他喊了一声:"来这儿……"他发出第二声喊叫时仿佛已经窒息了,听不出在说什么。之后便是一声巨响。康拉德从椅子上摔到了地上。

就像他曾想抹去自己的叔祖父那段不光彩的立陶宛历史一样,康拉德在晚年常常否认某些作品(文章、小说、他与福特·马多克斯·福特共同撰写的一些篇章)出自他的手笔,即便有些作品甚至之前已经署上他的名字出版过,他依然号称自己没有印象,并予以否认。如果别人拿出他的手稿当作证据,指出上面的字迹毫无疑问是他的笔迹,他就会耸耸肩——他的标志性动作之一——随即陷入沉默。认识他的人都说他是个擅长讽刺的作家,但在他所入籍的英国,他的同胞无法感受到这种讽刺,或者说,他们理解不了他的讽刺。

伊萨克·迪内森的垂暮之年

多年以来,伊萨克·迪内森的真实形象都十分模糊,人们只知道她是一个优雅的老太太,浑身笼罩在谜团之中。之后,这一形象又被电影中所塑造的她所取代,变成了一个充满浪漫主义的、略显天真的贵族妇人,在殖民地历经坎坷。布里克森男爵夫人①确实是浪漫而有贵族风范的女子,但更确切的说法是,她是有意而为之地打造了这种形象;至少,从她结束在非洲的漫长时光,带着失败的经历回到丹麦,开始以伊萨克·迪内森和其他几个笔名进行创作时,她就给世人留下了这种印象。"实际上,随着年龄渐长,我们开始戴上不同的面具:符合我们年龄的面具。年轻人以为他们所见的就是我们真实的形象,但事实并非如此"。

她的作品在美国更受欢迎和认可,当1959年她首次到访美国时,各种谣言和传说已经传得沸沸扬扬:她

---

① 伊萨克·迪内森的真名。

伊萨克·迪内森
瑞·尼森摄

其实是个男人；他其实是个女人；伊萨克·迪内森其实是两个人，一对兄妹共用的笔名；伊萨克·迪内森从1870年起就住在波士顿；她其实是个巴黎人；他住在埃尔西诺；她平时的大部分时间都在伦敦度过；她是一个修女；他热情好客，接待了一大帮青年作家；她过着隐士般的生活，平时很难见到面；她用法语写作；不，用英语；不，用丹麦语；不，用……最后，人们终于见到了她。她收到了数不清的宴会邀请，并出席出版社举办的众多活动，用生动的声音讲述自己的故事，连讲稿都不需要准备。人们看到的是一位纤细而奢华的老太太，满脸皱纹，胳膊细得像火柴棍儿，穿一身黑衣，头上裹着头巾，戴着巨大的钻石耳环，眼睛周围画着浓重的眼影。尽管如此，传言仍在继续，只是变得更加具体了：美国人相信她只吃生蚝配香槟。这其实并不是事实，她曾承认过自己时不时也会吃虾、芦笋、葡萄和喝茶。伊萨克·迪内森曾表示自己想见见玛丽莲·梦露，于是小说家卡森·麦卡勒斯安排了一顿著名的午饭，三个女人共聚一桌，梦露当时的丈夫阿瑟·米勒也出席了午宴。米勒对男爵夫人的饮食习惯大感好奇，便问她是哪位医生给了她只吃生蚝配香槟的食谱。当时伊萨克·迪内森用鄙夷的目光看着他，她之前还从未在这个国家用这种眼神看人。"医生？"她说，"医生都吓坏了。但我喜欢香槟，我喜欢生蚝。我这么吃感觉很好。"米勒居然还敢又提了些什么关于蛋白质的问题，结果又领教了她那种在美国国土上从未给过别人的鄙夷脸色。"我对这些一窍不通，"她回答，"但我年纪大了，我想吃什么就吃什么。"但男爵夫人与玛丽莲·梦露从此成了多年的好友。

可以确认的是，伊萨克·迪内森平时住在丹麦的伦斯特德，她从童年时代起就住在这所房子里。她身患多种疾病，因此一直行动不便。她遭罪最久的疾病与她的年龄问题其实毫无关系：在她与布罗尔·布里克森男爵结婚后，男爵把梅毒传染给了她。经过长久考虑，她最终与男爵离婚了。在她早年的青春时代，她曾爱上过前夫的双胞胎兄弟，俩人之间的关系反而因为这个原因变得密不可分。

由于梅毒的原因，她不得不早早地放弃了性生活。一位年轻女子被剥夺了"爱的权利"是如此可怕，但她却发现上帝不能给她任何帮助。于是，伊萨克·迪内森转而将灵魂卖给魔鬼，而魔鬼则承诺，从此以后她所经历的一切必将成为传奇。至少她对自己的非情人的伴侣丹麦诗人托基尔德·比约恩维是这样号称的。她的年龄是这位伴侣的两倍，智慧则是他的三倍，她给这位诗人留下了奇异的影响。俩人在一起时她已六十四岁，他们一起度过了四年时光，其间她掌控着对方，却又对他言听计从。她的性格转变反复无常，常常令这位非情人的伴侣饱受惊吓。她常常突如其来地做出奇怪的举动，表现得富有魅力，她的观点经常莫名其妙，却有种令人信服的魔力。有一次，她这样向他解释自己的本质，令他诧异。"你比我更好，这是个问题，"她对他说，"我们俩的区别在于，你拥有不朽的灵魂，而我没有。就像是海妖或水仙女一样，她们也没有永恒的灵魂。比起拥有永恒灵魂的人类，她们能活更长的时间，但一旦死亡就会彻底消逝，不留一丝痕迹。但是，当这些水中的仙子还存在于世时，谁能比她们更吸引人、更令人心醉神迷呢？谁还能像她们这般迷惑人类，令人类醉心于她们，极度疯狂地与之共舞，付出前所未有的炙热爱情？但是你看，最终她将会消失，仅仅在身后留下地面上的一串水痕。"

当这位诗人（她逼他丢下了自己的妻子和儿女，长期逗留在她位于伦斯特德的家中"创作"）被证明没法与她站在同样的思想高度（一直以来都是如此），男爵夫人便陷入了愤怒，开始虐待他，如果他胆敢对她的写作持保留意见，她就不给他好脸色看。但伊萨克·迪内森的性格一直是反复无常的。有时两人大吵一架后，第二次见面时她又表现得高高兴兴的，仿佛什么都没发生过，甚至还会表扬自己的非情人伴侣刚正不阿的文学品位。这种性格的变化是她的一大特征。诗人比约恩维曾讲过有一天晚上，基于某个他已经遗忘了的原因，伊萨克·迪内森勃然大怒，变成了一个疯狂的老太婆，愤怒地对他指手画脚，把他看得吓呆了。过了一会儿，诗人已经睡下之后，男爵夫人溜进他的房间，坐在他床边。此时她看起来却像完全变了一个人，光彩照人，美丽得仿佛是一个年仅十七岁的少女。就算比约恩维自己也承认，如果不是亲身经历了她的变化，他自己都不会相信。

男爵夫人也曾给她的非情人伴侣和朋友们带来种种快乐、幸福、心醉神迷的时光。有一次，在一场开开心心的社交晚会进行到一半的时候，她起身离开了房间。之后没多久她又回来了，手里拿着一把左轮手枪。她举起枪，对准诗人，就那么僵持了好一阵子。根据比约恩维自己的描述，他当时并没有动摇，因为那时他正处在一种极其幸福的状态中，觉得就算死了也不要紧。不过不用说，在这陷入热恋的四年中，比约恩维在文学创作上没有任何产出。

伊萨克·迪内森自称视力不佳，但她能从很远的距离辨别出田间的四叶三叶草，而且还能看见几乎是隐形的新月。当她看到这些东西时，她习惯对它们三鞠躬以示敬意，并确保自己绝不通过玻璃去观察，因为她相信镜子会带来厄运。她弹奏钢琴、吹长笛。她演奏得最好的是舒伯特的乐曲，其次是亨德尔。每当夜幕降临时，她常常会重温她最喜欢的诗人海涅的诗，有时也会读读歌德。她不喜欢这个诗人，却会背诵他的诗歌。她尤其讨厌陀思妥耶夫斯基，尽管她敬重他的才能。她是莎士比亚的忠实拥趸。她时不时会引用海涅的诗歌："你想要幸福，绝对的幸福或绝对的不幸。勇敢的心啊，现在你是不幸的。"

见过她的人都说，她浓重眼影掩盖下的双目中饱含着秘密：她看着别人时从不眨眼，也从不把目光从对方身上移开。伊萨克·迪内森的父亲在她九岁时自杀身亡。从她还是个孩子时她就擅长讲故事。有时，她的妹妹会在睡觉前哀求她："不，塔尼亚，今晚别讲了！"在她的晚年，请她去做客的东道主和她家的客人都求着她讲故事。她有时会应他们的要求讲几个，像是给出一个礼物。每周四，一个厨师的儿子会陪她吃饭，她还为这个场合给对方买了一件正装；有一天晚上，她吃惊地发现在她一个人用餐的时候，这男孩竟躲起来偷窥她。她喜欢挑衅别人，但是以一种柔和而讥讽的方式。比如她反对绝对的民主，担心精英阶层的命运，"要知道，总该有那么些精通经典的人。"她号称自己遵循古典悲剧中的规矩生活，并将要教育自己的孩子也这样做。不过她从来没有过孩子。

在她人生的最终阶段，她每年在一家诊所过几个月，剩下的时间和往常一样住在伦斯特德的家中。1962年9月7日，她下午听了勃拉姆斯的音乐，之后在家中平静地过世了。她一直不停地抽烟，这一习惯保留到了最后一刻。她最终享年七十六岁，死后被埋葬在她亲自挑选的一棵榉树下，靠近伦斯特德的海边。劳伦斯·德雷尔曾说，如果她要是知道有人敢为她的死亡而哀哭，大概也会露出那种友善却又讥讽的目光。"事实上我已经活了三千年了，还和苏格拉底共进过晚餐"。

伊萨克·迪内森亲自为自己写下了这段话："在艺术之中没有秘密。你完成你能看见的部分，你所看不见的部分它自会替你补足。"

摆造型的詹姆斯·乔伊斯

詹姆斯·乔伊斯给世人留下的印象总是忧郁、沧桑的，但他曾自我定义为一个"善妒、寂寞、永不满足、骄傲的男人"。当然，这些描述是他私下里写给妻子诺拉·巴纳克尔的，他对自己的妻子还坦白过许多远比这更私密、更大胆的话。考虑到日后的声名，他对自己的诠释多半不止于此，还有很多更为大胆的表述。

乔伊斯从早年起就是一个颇为自负的人。他专注于自己的写作，一心一意地宣泄自己对爱尔兰和爱尔兰人的不满（这种从年轻时就开始存在的敌意后来持续了一生）。他才写了几首诗，还没多少产出的时候，就曾问过他的弟弟斯坦尼斯劳斯："你没觉得我想做的事情中有一种仿佛弥撒仪式的神秘感吗？我是说，通过我的诗，我想让读者感受到某种理性的快乐，某种精神上的喜悦，就像将日常的面包转变成某种永恒的艺术生命……以此来提升人们的思想、精神和灵魂的层次。"不过，随着年纪渐长，他好像稍微谦虚了一些，不再经

詹姆斯·乔伊斯，1926 年
贝伦尼斯·阿博特摄

常把自己的作品比作宗教仪式；但他始终坚信自己的作品是至高无上的，哪怕这些作品还未问世。显然，与某些艺术家一样，詹姆斯·乔伊斯常常故意摆出一副天才的姿态，来说服他的同辈、甚至是未来好几代的读者，让他们信服他确实是一个天才，这一点毋庸置疑。与这种天才的形象相一致的是，他以从不关心人们是否读了他的作品而著称，当然也不在意别人对他的评价。然而，在《尤利西斯》历经困难终于出版后，他曾不遗余力地对该书进行推广，有人甚至还看见过他在著名的莎士比亚书店里帮读者包装自己的书。该书店印刷了此书，借其声名，这本不朽之作才终于得以出版。据说，当时乔伊斯还十分关注媒体上任何与自己的作品有关的介绍或书评，并给所有对该书表示兴趣的评论家寄去自己手写的长长的感谢信。然而，多年后《芬尼根的守灵夜》出版时却遭受了冷遇，令乔伊斯感到十分受伤和不快，他在郁郁不乐中度过了自己人生的最后几年，这种临终体验可并不令人愉悦。

但在此之前的许多年，乔伊斯生活得相当快乐，没有几个作家能像他这样，在生前就收获如此之多的尊重与崇拜。在他住在巴黎的那几年，他备受尊重甚至敬畏，他的所有愿望都能得到满足，没人敢对他的生活习惯说三道四。比如说他习惯每晚九点到同一个餐厅吃晚餐；他拒绝喝白葡萄酒，不管那酒有多好。可能曾经有一位眼科医生对他说过这类葡萄酒会损害他的视力，而乔伊斯非常注重保养自己脆弱的眼睛。为了治疗青光眼，他一生共做了十一次眼科手术，因此，有些摄影师拍到的乔伊斯的照片中，常能看到他在左眼上戴着一只巨大的眼罩，可能也是因为这个原因，杜娜·巴恩斯曾描述他的眼睛"就像常年躲避着阳光的植物一样苍白"。不过，乔伊斯戴眼罩并不是为了引人注意：他已经充分打造了自己天才的形象，不需要再把自己打扮成猎人或奔牛节狂欢者来吸引别人的注意力。相反，他本人的性格一点都不浮夸，如果有人在晚宴或某个社交场合不幸坐在乔伊斯的旁边，尤其如果此人又不算能言善辩的话，那他将会过得相当煎熬。因为在这种场合乔伊斯难得屈尊开口，他只会等着别人来跟他闲聊，他自己则始终保持沉默。福特·马多克斯·福特曾描述过这种"舒适但彻底的沉默"：他的同桌伙伴常常搜肠刮肚地寻找他可能感兴趣的话题，但乔伊斯先生（朱娜·巴恩斯对他的称呼）只会回答简单的"是"或"不是"。他笔下的小说人物常常在内心滔滔不绝地自言自语，作者自己却总是沉默寡言，态度冷淡，至少在社会上一向如此。

在他私下独处时，乔伊斯会变得判若两人，不过依然还是那么自大。如果把他灌醉了，他会喝酒一直喝到凌晨，这种情况下他变得更为友善，话也更多。他常常会谈起没人感兴趣的理论，或用意大利歌剧的语调背诵长长的但丁诗歌选段，仿佛牧师正在教众面前宣讲。有一次，在"卢特提雅啤酒馆"餐厅，同桌人告诉他自己看见一只老鼠沿着楼梯跑下去了，而乔伊斯的反应谈不上体面。"在哪儿？在哪儿？"他紧张地问道，"这会带来厄运的！"乔伊斯本人非常迷信，他嚷嚷完以后就立即吓昏了。他也同样害怕狗，因为他小时候曾被一只爱尔兰猂犬狠狠地咬伤过。不过他最怕的还是风暴，不管是在他的童年时代还是长大成人之后。不过，他长大后学会了把自己的恐惧隐藏起来。在乔伊斯小时候，他会在风雨来袭时紧闭窗户，拉下窗帘和百叶窗，甚至整个人都躲进衣柜里。长大后，有些难听的传言说他会捂住双耳，表现得像个懦夫。不过有些人否认了这一点，只说当他走在路上遇到风暴时，他会绞紧双手，高声尖叫，并且快速逃跑。

乔伊斯不仅是个豪饮的酒徒（不过他会在某些时间节制饮酒），他对书籍也是同样的如饥似渴。在他年轻时，他还贪好女色。他常常嫖妓，尽管他讨厌那些妓女。也许正因为如此，当他给自己的妻子诺拉写信时，他所描述的想象中的场景虽然显得十分戏剧化，但也许和事实有某些程度的关联。不管怎么说，乔伊斯曾经有一次表达过自己想要的是"灵肉结合之欢"。他给妻子写的这些言辞浪荡的信件前几年曾经一度很出名，在信中他常常会展望自己和诺拉重聚之后的幸福生活（当时他在都柏林，而诺拉平时住在的里雅斯特）。我们能在信中看到他展望幸福的瞬间，因为他曾在不止一封邮件中承认，自己通过给妻子描写那些猥亵的场景甚至达到了高潮（他本人的原话）。毫无疑问，很少有作家能通过写作得到如此强烈的快乐。詹姆斯·乔伊斯曾写道，他希望自己的妻子变成一个胖女人，这样她就可以打他、掌控他或者做一些更为过分的事情。他非常精确地描述届时希望妻子穿上的内衣样式（稍稍有些污旧，这是他一贯喜欢的品位），并露骨地把自己所喜爱的其他相好的特质加到诺拉·巴纳克尔身上去。总而言之，其言行相当猥琐。但在这些信件中，最扎眼的还不是这些猥琐的欲念，而是他出于窥私心理而对诺拉采取的那种审问态度。他盘问她的过去、她的现在，以此来给自己的作品寻找灵感。他刨根究底的盘问方式就像是一个天主教神父在忏悔室里盘问前来告解的信徒，摘抄这段话为例："当那个人……把手伸进你的裙子里，他是仅仅隔着内衣抚摸你，还是伸进了手指？如果伸进手指，伸进了几根？他是仅仅碰触了你的外面，还是伸进了你的里面？他有从后面碰你吗？他是否抚摸了你很久，直至你达到高潮？他有要求你抚摸他吗？你照做了吗？如果你碰了他，他有没有因此高潮？你有没有注意到？"或者这段："今晚……我幻想着你在厕所自慰的场景。你会怎么做？把脚抵在墙上，在衣服下面抚摸自己，还是蹲在坑位上，掀起裙子，用手从内裤的缝隙中伸入？你会有便意吗？我自问你会怎么做。你会在排便的同时达到高潮，还是会先自慰到高潮来临，然后再排便？"不能否认，乔伊斯问得真是事无巨细，十分热衷细节。

詹姆斯·乔伊斯在一生中经历过不少坎坷，但他通常不会表露自己的感受。他的九个兄弟姐妹中有五个（他是老大）没有活过儿童时期，面对有些亲人的死亡，他表现得无动于衷，令他的母亲都觉得他冷血无情。但当他的女儿露西亚被送进精神病医院后，乔伊斯一反常态，竭尽全力地照顾她，而且一直坚信她最终一定能康复。他给露西亚写了数不清的信。不过，他的弟弟斯坦尼斯劳斯说，对詹姆斯·乔伊斯来说，"不幸就像一种恶习"。他只关爱自己特别亲近的人，对其他人都态度冷淡。在他母亲去世时，他们发现了一包他母亲在结婚前写给他父亲的信，于是他花了一下午来读信，读得"毫无感情，仿佛一个医生或律师……在问问题"。读完后，斯坦尼斯劳斯问他："怎么样？""没什么。"詹姆斯·乔伊斯干巴巴地回答，语气中还带着点嫌弃。斯坦尼斯劳斯觉得，这些信件对于他这样一个有着雄心壮志的青年诗人而言也许确实不值一提，但一个女子在多年冷清、凄惨的生活中始终保留着这些信，说明它们对她显然是有重大意义的。斯坦尼斯劳斯自己没有读信，就把它们都烧了。

詹姆斯·乔伊斯习惯于唉声叹气。他的岳母，妻子诺拉的母亲注意到了他的这个习惯，说他这样会把自己的心脏给毁了的。但乔伊斯最终并不是死于心脏病，而是死于穿孔性溃疡。1941年1月13日，他在苏黎世的一家医院过世，享年五十九岁。家人给他举办了一个简单的葬礼，两天后将他埋葬在当地的墓地中。

乔伊斯的妻子诺拉·巴纳克尔从来没有读过他的《尤利西斯》。她曾经这样形容自己的丈夫："一个狂信徒。"

朱塞佩·托马西·迪·兰佩杜萨在课堂上

朱塞佩·托马西·迪·兰佩杜萨一生只创作了一部小说：《豹》，但这部作品后来变得举世闻名，可以说是他生命中最大的亮点。然而令人悲哀的是，直到他辞世之后十六个月，该小说才得以出版。也正因此，朱塞佩生前并不以作家身份自居，也并不像一个作家那样生活。只有极少数的作家会像他这样度过一生，更少见的是，他在世时甚至没有争取过要出版什么。直到临去世前几个月他才初次涉足出版业，在此之前他甚至没有怎么尝试过写作。

比起写作，朱塞佩更爱阅读，他沉迷文学，博览群书。他的脑中仿佛有一个巨大的图书馆，其渊博的历史和文学知识曾令他周围少数几个亲朋好友大为折服。他不仅博览所有重要的、必读的作家的作品，其阅读范围甚至也囊括了一些二流的平庸作家，尤其是在小说领域，他认为阅读平庸的作品和阅读伟大的经典一样有必要。"我们也要学会消遣。"他说。他会满怀兴趣地耐

朱塞佩·托马西·迪·兰佩杜萨和他的妻子，1930年
朱塞佩·比安切里摄

心阅读一部糟糕的文学作品。购书几乎就是他唯一的开销,书籍也是他生活中唯一的奢侈品;尽管对他这样一位通晓英语、法语、德语和俄语(晚年还学会了西班牙语)的读者来说,巴勒莫所能提供的书籍选择实在有限。不管怎么说,每天上午,他会在自己的领地花上至少几个小时来探索书店,他尤其喜欢一家叫"弗拉科维奥"的书店,十年来每天都要去一次。

在他的同胞看来,兰佩杜萨度过上午的方式显然是相当悠闲的,事实也确实如此。他的妻子莉茜是一名拉脱维亚籍心理医生。她习惯每天工作到深夜,第二天早上多睡几个钟头。当他的妻子还在床上补觉时,兰佩杜萨就已早早起床,走去咖啡馆吃早餐。他边吃饭边读书,这顿早饭通常要花很长时间:有一次他足足在那儿待了四个小时,把一本厚厚的巴尔扎克的作品从头读到尾。接下来,他会开始当天漫长的书店探索之旅,之后则会再走进另一家咖啡馆。他会在那儿坐坐,但不会加入他的熟人们之间的闲聊。他只是静静地听着("那些蠢话"),但几乎不会发言。之后,一天漫长的静坐和累人的远足宣告结束,他会乘公交车回家。人们形容他总是沉重地拖着脚步走路,整个人洋溢着一种奇特的氛围,看起来有点随意。他的眼神警觉,手里提着一个皮质的袋子,里面鼓鼓囊囊地塞满了书本、甜点、晚上要吃的点心等等。他得靠这些点心撑到晚上，因为家里不提供午饭。他举止自然地拎着这个著名的口袋，丝毫不觉得把几本普鲁斯特的作品和甜点甚至西葫芦塞在一起有什么奇怪的。他总是在袋子里装满了超出必要量的书，仿佛这位读者即将长时间出门远行，担心半路会陷入无书可看的窘境。他的袋子里总少不了莎士比亚的作品，照他妻子的说法，这样他万一在半路上"看到不喜欢的书，可以用它缓解一下"。

由于对书籍极度热衷，兰佩杜萨有时还拿书当储蓄盒用：他常常把小笔的钞票塞在不同的书本中，随后又忘了自己把钱收到哪儿去了。因此他有时会说，自己的书库中有"两种财富"。

可以想见，兰佩杜萨从来无需为金钱问题困扰，这不是因为他富有，而仅仅是因为他没有什么野心。不过他确实是继承了一大笔财富，一生都无需工作。但遗产分割、加上一个世纪以来的种种动荡，使他变成了一个基本有名无实的没落贵族。他的日常习惯很朴实：除了看书，他常常上电影院，偶尔也会下馆子吃饭；尽管他年轻时常常出门远游，但上了年纪之后他几乎不再旅行。他会在日记本中记下自己看过的电影（一周两三部），还会加上评语。看完《海底两万里》，他的评语是"精彩动人"。

1954 年，在他去世前三年，他曾说过："我是一个非常孤独的人。在我每天醒着的十六个小时中，至少有十个小时，我是在孤独中度过的。但我也不能号称这些时间我都在读书；有时我也撰写文学论文来取乐……"这番描述并不完全准确，因为在他去世后，并没有留下任何可称之为文论的作品。但他确实写下了上千页的关于英法文学的介绍，令人惊讶的是，他写下这些文字最初只有一个目的，就是给他的学生弗兰西斯科·奥兰多做讲义。奥兰多是一个中产阶级出身的年轻人（如今已是一位杰出的教授和评论家），在兰佩杜萨人生的最后几年，他曾教授奥兰多英语，并给他上了一门完整的英语文学课程。有时他的课上也会有别的学生，但这种情况相当少见。每周三次，每次下午六点，兰佩杜萨会在家里给奥兰多上课。他让奥兰多慢慢地朗读他所选取的文学作品，有时俩人也会一起阅读，主要是读狄更斯和莎士比亚的作品。这种包罗万象的、沉闷却劳心费神的授课经历改变了兰佩杜萨的人生，他后期开始写作的决定多少也是受了这段经历的影响。不管怎么说，通过上课，他开始与年轻人接触，这种能够"传授"什么的体验（他的课程，或者至少是他对文学的见解，也传授到了与奥兰多年纪相仿的年轻人那儿），令他重新焕发活力，每天下午的时光也不再仅仅在孤独的阅读中度过。他非常认真地备课，在他的有些笔记中，他甚至沉痛地将那些没准备好或准备得过于匆忙的讲义称为"人类用笔能够写出的最糟糕的文字"。他这样评价自己写的关于拜伦生平的介绍："令人憎恶的玩意儿。"他怀着善意的讥讽，劝诫他的学生道，这些讲义一旦看完，最好的归宿就是立即扔进火堆付之一炬。幸运的是，兰佩杜萨最终还是保留下了这些笔记，最近还结集出版了。在那些严谨的介绍文字中，体现出他睿智、幽默、严肃与高雅的风格。

兰佩杜萨对作家们的生平轶事非常感兴趣，他和圣伯夫一样相信，通过了解作家的生活，窥探他们最深的秘密，能够更好地了解他们的作品。也许正因为这个原因，为了给后人剖析自己的作品增加些难度，他自己没有留下任何逸闻，就算他的人生中当真有什么秘密，他也尽力掩盖了。关于兰佩杜萨，唯一类似他想从那些文学偶像那儿挖掘的那种八卦就是，有传言说他有可能是个性无能者。这种猜测来自他没有留下任何子嗣的事实（但我们要考虑到当他娶妻时他已经三十七岁了），以及他明显对莉茜缺乏热情。在他们早年的婚姻生活中，莉茜无法习惯西西里的生活，一年大部分时间都在自己的故乡拉脱维亚度过，当时他把俩人之间的关系定义为"书信婚姻"。其他轶闻其实和他无关，而是涉及他的祖先，最近的一个新闻是他的一位姑妈被谋杀的故事。她在罗马的一家廉价旅馆中被一位男爵捅死了，凶手曾是她的情人。

兰佩杜萨就和所有的作家一样行事乖僻、性格古怪，尽管他并不认为自己是个作家。他憎恶传奇剧和意大利歌剧，认为那是野蛮人的艺术。事实上，他憎恶一切说明性的东西。兰佩杜萨喜欢莎士比亚的《量罪记》，不过最爱的是他的十四行诗第129首。他饱受失眠症的困扰，常做噩梦，但直到临终，他才对自己的心理学家妻子坦陈了其中一个梦境：他梦到自己即将被处死，在梦中他走街串巷遍寻原因。他只喝水，但吃得相当丰盛（他身材肥胖）。他烟瘾极大，抽烟时即便烟灰落到外套上也浑然不觉。如果有人介绍他认识一个陌生人，他和对方握手时不会看他的脸。他在社会上沉默寡言、内向孤僻，甚至有人相信，在有些场合他会彻底拒绝开口。相反，在他的私人生活中，当他与自己的少数几个亲朋好友和寥寥无几的弟子在一起时，他的表达十分机智而准确，说话温和，还总是带着一丝讽刺。他也爱卖弄学问，他对自己的每一条狗都用一种不同的语言来对话。奥兰多说过，他有一种"像猫一般专注的"强大气场。

人们对兰佩杜萨的政治立场所知不多，如果说他确实有个人见解的话。他对西西里和西西里人的憎恨是相当明确的，尽管这种憎恨是肤浅的，可以说是爱恨交织。不过，他批判西西里的所有社会阶层。他反对圣职者，反对传统习俗，并相信最终一切都会"下地狱去"。当他的小说最初被几家出版社退稿时，他以一种讽刺而遗憾的心情温和地面对挫折，他妻子则忿忿不平地在日记中写道："蒙塔托里出版社的那头猪拒绝了我们。"根据兰佩杜萨的说法，他是因为看到自己的表兄弟卢西奥·皮科塔同样在垂暮之年开始写作，他的诗歌后来得了奖，并受到蒙塔莱的嘉许，才促使他也决定要开始写作。"我客观地相信，我绝不比卢西奥笨，因此我坐在书桌边，开始写作。"在一封给朋友的信中他写道。他相信《豹》值得出版，但有时也会陷入怀疑："我担心这只是一堆垃圾。"他对弗兰西斯科·奥兰多说。后者声称他当时曾对他表示鼓励。

朱塞佩·托马西·迪·兰佩杜萨死于肺癌。他去罗马治病，最终在 1957 年 7 月 23 日清晨于当地的亲戚家中过世，享年六十岁。他在睡梦中去世，他嫂子去看他，发现他已经断气。

兰佩杜萨相信，人应当容忍他人犯错。他自己当然也犯错，而且对他身后迟来的成功一无所知。他曾说，自己人生的一大不幸在于自己饱受心脏疾病的困扰。他有一个小自己四十岁的侄子乔奇诺，他最终收他做了养子。有一次，他曾警告他："小心心脏疾病的威胁。"

访客亨利·詹姆斯

在生活中，亨利·詹姆斯更多的是扮演了一个旁观者的角色，极少积极投身其中，至少并未完全融入其最激动人心的部分。基于这个理由，我们既可以说亨利·詹姆斯是幸运的，也可以说他是不幸。但另一方面，多年以来，他的社交生活却相当繁忙而充实，1878年—1879年期间，他甚至一年内就收到（并接受了）一百四十个晚宴邀请。当时，伦敦哪天晚上的演出或派对少了他，就会显得索然无味。

不过，亨利·詹姆斯人生中的最后十八年主要是在他位于莱伊镇的乡村别墅"羔羊屋"度过的，虽说在那里他也不乏陪伴：家里有四个用人、园丁和秘书；一年到头，还有数不清的朋友登门拜访。他对朋友精挑细选，井井有条地安排日程，家里从没发生过超过两名朋友挤在同一个时间段拜访的事。有几个作家同行就住在他家附近，其中包括约瑟夫·康拉德和福特·马多克斯·福特，后者当时还姓惠弗。亨利·詹姆斯与康拉德

亨利·詹姆斯，1898 年

交往不深，尽管他认可康拉德的作品，但不喜欢他这个人。尤其是他认为康拉德"骨子里"还是个波兰人、正统天主教徒、浪漫主义者，而且是悲观主义的可悲的奴隶。不过，当俩人见面时，他们还是会极尽华丽的辞藻互相吹捧。俩人只用法语交谈，亨利·詹姆斯每隔三十秒就会亲切地呼唤他一声"亲爱的伙伴"，而康拉德则同样频繁地回应道："亲爱的老师！"至于比詹姆斯年轻许多岁的福特，或者说惠弗，俩人倒是经常见面，根据惠弗的说法，他们简直形影不离。但这种频率可能实际上已经超出了詹姆斯所能容忍的程度。有一个明显的证据就是，有一次，当詹姆斯和他的秘书一起外出时，他跳过一道沟来绕开去莱伊的必经之路——惠弗常常在那条路上等着他经过。

亨利·詹姆斯体格魁梧，秃顶，眼神摄人。他的目光充满智慧、极具穿透力，有时他去别人家拜访时，给他开门的用人常会被他吓得发抖，觉得他的目光仿佛能透视自己的身体。由于谢顶的缘故，他看起来有点像个神学家，他的目光则像一个巫师。其实他对所有人都十分亲切，还隐隐带有一点幽默感，仿佛他在故意模仿匹克威克[①]。但如果有什么事惹火了他，他会不加节制地

[①] 狄更斯的作品《匹克威克外传》中的主人公。

大发雷霆，一逞口舌之快恣意报复。他的几个密友回忆道，詹姆斯仅有寥寥数次曾用非常直接而粗俗的语言猛烈地骂人，但那场面他们永远也忘不了。通常他说话时的语言风格和自己写作时差不多，到了晚年，由于他习惯让人听写下自己的作品，这种说话方式就更加变本加厉。出于对语言缜密性的追求，加上担心表达不精准或犯错，詹姆斯就算给用人下一个最简单的指令都要斟酌个至少三分钟。他的说明往往曲折暧昧，例如有一次，为了谈一条狗、但又不提起"狗"这个词，他用"某个黑色的犬类生物"来代指；还有一次，他为了避免直接说某个女演员难看，就说"这个可怜的荡妇具有某种尸体般的特征"。

詹姆斯说话时常常旁征博引，东拉西扯，这个毛病有时候会给他带来麻烦。有一天下午，他和平时一样，在惠弗和另一位作家的陪伴下，牵着他的爱犬马克西米兰沿着莱伊镇的街道散步。这条狗平时爱追着羊跑，于是他在狗身上系了一条特别长的拴绳，方便狗的活动。其间，为了详细强调说明他的某句话，詹姆斯停下脚步，把手杖杵在地上，滔滔不绝地讲了很久，而他的同伴们则安静地洗耳恭听。与此同时，他的狗马克西米兰绕着圈跑来跑去，它的拴绳把手杖和作家们的腿都缠住了，令他们动弹不得。当詹姆斯结束自己的发言，准备继续向前走时,才发现自己已经动不了了。等他好不容易脱身出来之后,他转向惠弗,责备地挥舞着手杖,两眼冒着怒火,对他大喊:"惠弗!你虽然还年轻,但以你这个年纪,玩这种把戏也太愚蠢了!太——愚——蠢——了!"

不过除了这种少见的勃然大怒,通常情况下,詹姆斯以无懈可击的礼仪举止而著称。他说话时通常温文尔雅,而且不管对外交官还是扫烟囱的工人,语气都一样委婉,同时对自己眼前看到的一切都充满无限的好奇。也许他正是因此赢得了大家的信任。在莱伊居住时,他从来不对任何乡间的闲话说三道四。他很有倾听的耐心,自己说起话来也能讲个没完。有一次,他倾听过一个谋杀犯的忏悔。还有一次,康拉德五岁的儿子天真无邪地问詹姆斯,他戴的帽子造型为何如此独特,于是他就帽子的形状长篇大论了一番。

当他埋头创作新小说时,他会变得非常健忘,有时候甚至会彻底把别人的午饭邀约忘在脑后,导致一桌人都坐在桌边白白地等他。但他对自己的待客之道丝毫不敢怠慢,因此,与詹姆斯打交道的困难一般不在于去他家做客,而在于如何在他登门拜访时做好东道主。因为他会根据自己所接受到的招待,以及对对方家中环境的整体印象,联想并定义对方的整个为人。例如,他很尊敬屠格涅夫，对他的作品和为人都同样敬重（他看他就如看待一个王子一般）；但他对福楼拜十分厌恶，就因为对方有一次只穿着睡衣就出来接待他和屠格涅夫。其实当时福楼拜穿的更可能是自己工作时穿的衣服，法国人当时将其称为毛线衣。也许福楼拜穿这件衣服只是为了向同行致敬，同时展现允许他们进入自己家中的某种亲密感；但对詹姆斯来说，那毫无疑问就是一件睡衣，而他永远也不会原谅这一点。从此以后，在他的印象里，福楼拜就是一个不管做什么事都只穿睡衣的人，因此他的书也注定都是失败之作，只有《包法利夫人》除外，詹姆斯说，这部作品可能是福楼拜穿着背心写出来的。诗人兼画家罗塞蒂也犯了同样的错误，他穿着罩衫接待詹姆斯，结果又因为这件"睡衣"被全面否定了。在詹姆斯看来，一个人这样待客是不名誉的，它暴露了对方的灵魂之恶：詹姆斯因此看不起罗塞蒂，认定他的生活习惯一定非常令人恶心，比如从不洗澡并且好色下流。他的早餐很可能是吃油腻的火腿和还带着血的鸡蛋。詹姆斯与奥斯卡·王尔德打交道的经历也并不愉快。这位美学的倡导者曾经在美国逗留过一阵子，两人当时见过一面。当时詹姆斯提到自己想念伦敦，王尔德鄙夷地看了他一眼，把他定义为乡巴佬："真的！对您来说在哪里很重要！"然后他又迂腐地加了一句："对我来说，四海为家！"从此以后，詹姆斯提到王尔德时要么说他是"肮脏的野兽"，要么就称其为"昏庸的蠢货"或者"下等的粗人"。相反，他热情地喜爱莫泊桑，原因也是因为一次登门做客。当时，这位法国短篇小说家邀请他与一位全身一丝不挂、只戴了一副面具的女士共进午餐。在詹姆斯看来，这是精致礼仪的巅峰，尤其是当莫泊桑告诉他，这位女士并非妓女、荡妇、女仆或演员，而是一位"世界小姐"时，詹姆斯当然是很高兴地相信了他的话。

众所周知，不管出于什么样的原因，詹姆斯在生活中几乎不近女色，但他看起来也并非对性完全无动于衷。虽然在他的书中罕有相关描写，但当他和几个朋友私下相处时，他会直截了当地打听各种与性有关的细节，即便讲到最出格的情况也毫不脸红。多年来，他坚定自己不结婚的信念：一方面，尽管他在英国住了四十年，他依然认为娶一个英国老婆这个念头是荒唐可笑的；另一方面，他有一次曾对一个朋友这样谈起过自己对婚姻的看法："我现在已经足够幸福，也足够不幸，我不想再加码任何一边来破坏这种平衡。"对他来说，结婚并不是生活的必需，而是一项昂贵的终极负担。显然，女人们想必曾令他苦恼或不快。曾经有一次，他以一种既严肃又神秘的口吻对朋友说，在他年轻时，他曾经有一次在异国他乡花上数小时站在雨中注视着一扇窗户,等待着窗后的一道靓影,在灯光亮起时,或曾有一道面容一闪而过,但随即便永远消失不见。"那就是终结了……"詹姆斯说着,随后陷入沉默。而惠弗则回忆道,有一次他要去位于美国罗得岛的纽波特市,于是詹姆斯请他帮忙去悬崖下的某地替他送上哀思。他说自己就是在那里与他已故的表妹永远诀别的,在他年轻时,他本来是要娶她的。

认识詹姆斯的人回忆道,他是个聪慧、警觉的男人,一直精神紧张,坐立不安,喜欢指手画脚,但动作慢条斯理。他对自己的所言所行十分审慎,但并不优柔寡断——也就是说,虽然他很难下定决心去做一件事,但一旦开工(例如决定写作),就会义无反顾。当他口述作品时,他会在房间里走来走去,当他一个人吃饭时,他也常常离开餐桌,边咀嚼食物边在餐厅里来回走动。他非常喜欢坐车,同时自信自己对地理很熟,方向感绝佳,这种自大常常导致他和好几个同车的车主由于他的错误指示而迷失方向,没完没了地乱兜圈子、浪费时间,过了好久才精疲力竭地到达目的地。他几乎从不谈论自己的作品,但他精心管理自己的图书室,用一条丝巾亲自掸灰。他不明白自己的作品为何不能卖得比过去更好,尽管《黛西·米勒》已经算是一本畅销书了。

他的好朋友伊迪斯·华顿①曾经有一次请他们共同的出版商把自己远比詹姆斯丰厚的版税转一部分到詹姆斯的账户上。詹姆斯从未得知此事。

亨利·詹姆斯死于1916年2月28日的一个下午，享年七十二岁。长期以来，他遭受病痛折磨，产生了谵妄的症状。有一天，他把自己当作拿破仑，口述了两封信，一封是写给他的兄弟约瑟夫·波拿巴的，他在信中建议他接受西班牙的王位。在他去世前几周，他曾从第一次发病中恢复神志，描述自己如何摔倒在地板上，相信自己快要死了。他说，当时他曾听到屋里有个不是自己的声音在说："所以它终于来了——这无与伦比的事物啊！"

---

① 伊迪斯·华顿（1862—1937），美国女作家，代表作有《纯真年代》。

阿瑟·柯南·道尔与女人

很难想象，像阿瑟·柯南·道尔这样一位备受尊敬、无可挑剔的绅士，在其晚年竟会名誉受损，甚至失去了许多朋友对他的爱戴。在他人生的最后十一年里，他全身心地投入到对唯灵论①的信仰中，完全抛弃了与该主题无关的写作，并环游世界四处宣教。在1924年，他曾一丝不苟地记录道，在他开始传教的前五年，他跑了超过五万英里路，向大约三十万人传播了自己的宗教信仰。他所传教的对象有些来自极为遥远的国度，甚至包括澳大利亚人和南非人。尽管他自己深信这就是他的使命，但从外人的眼光看来，这不是宗教因素第一次给他的人生添乱了。1900年，柯南·道尔曾在自己的故乡爱丁堡参加议会选举，直到投票日前夕，他看起来都稳操胜券，但之后出现了一批讽刺传单，向大家揭露柯

---

① 唯灵论是指一种宗教和哲学学说，主张精神是世界的本源，它是不依附于物质而独立存在的、特殊的无形实体。就宗教上的涵义而言，它信仰人死后灵魂继续存在，并通过中介可以和活人相交往。

阿瑟·柯南·道尔，1928年

南·道尔来自一个天主教家庭，而且是在耶稣会教士所开的学校受的教育。这些背景确实是事实，但实际上柯南·道尔早在多年以前就已经背离了他的爱尔兰家族的宗教传统。讽刺传单是有人出钱给一个叫普雷尼梅尔的家伙让他写的，目的是阻止柯南·道尔赢得他原本志在必得的选举。在柯南·道尔的一生中，他曾遇到过诸多对手，莫利亚蒂教授甚至是福尔摩斯本人都曾是他需要克服的阻碍之一，普雷尼梅尔只是其中的一段插曲。

柯南·道尔练过拳击，因此打从年轻时起，他就常常为了保护妇女而卷入斗殴事件中：他曾在剧院楼座中猛揍几个士兵，因为他们中的一个冲撞了邻座的妇女；当他跑去朴茨茅斯准备开诊所时，初来乍到就跟人打了一架，因为他看见对方当街踢了一个妇女一脚。不知是幸运还是不幸，第二天当他的诊所开业时，他所接待的第一个病人就是前一天与他打架的男子，不过对方（至少看上去）没有认出眼前的医生就是昨天晚上与他厮打的人。在任何情况下，柯南·道尔都时刻准备着用拳头保护女人。有一次他和家人结伴乘火车去南非旅行，他的一个已长大成人的儿子看到一个女子走过，就开始评价这女人是如何的面容丑陋。话还没说完他就被狠狠扇了一巴掌——他年迈的父亲气得满脸通红，低声训斥道："记住，没有一个女人是丑陋的！"

一个像柯南·道尔这样的男人多少是有点霸道的,尤其是在家里。但当他的第一任妻子路易斯得了肺结核,他又正和未来的第二任妻子珍·勒奇陷入热恋的那段时间,他的精神尤为紧绷,孩子们与其说是尊敬他,倒不如说是怕他。在他写作时,他不允许孩子们发出一点点声音,如果有人违反规矩,柯南·道尔就会穿着一件铁锈色的破旧晨衣冲出书房,暴跳如雷,并下手责罚。有时候他甚至不用责骂,只要用眼睛一瞪,孩子们就会吓得够呛。有一次,他正在读《泰晤士报》,他的女儿玛丽跑来问他关于兔子生小兔子的天真问题。柯南·道尔仅仅从报纸的角落中露出一只眼睛,看了她一眼,就吓得玛丽把问题生生咽了下去,再不敢多问。

公道地说,柯南·道尔对自己在第二段婚姻中和珍·勒奇所生的孩子们要和蔼得多:他允许孩子们在自己打台球时在一旁跑来跑去,就算害得他丢掉一杆,他也不会用球杆去打他们。可以想象,他对自家的女眷们更是绅士风度十足,他给了自己美丽的第二任太太爵士夫人的头衔,到了中年时,又把自己的财产都给了妻子,并尽力保障她的生活舒适。很明显,为了弥补珍·勒奇十年以来对他的崇拜和俩人结婚前她漫长的等待时光,柯南·道尔什么都愿意为她做。尽管俩人相识已久,但此前柯南·道尔不愿伤害甚至离开自己的第一任妻子路易斯。路易斯生病后，他陪着她去了埃及和瑞士疗养，那里的空气更好。多种证据显示，柯南·道尔狂热地爱着珍·勒奇，他甚至为了讨她开心去学了班卓琴（尽管弹得很糟），但在路易斯还在世时，俩人之间的感情完全是柏拉图式的。正因为俩人的恋爱纯粹是精神上的，柯南·道尔甚至能够对自己的母亲和家人坦然承认他对珍·勒奇的感情，仿佛她已经是他的未婚妻，或者说未来的妻子。柯南道尔一直对自己的母亲有深厚的情感，也深受她的影响；奇怪的是，他母亲立即就接受了自己已婚的儿子所带来的这位"未婚妻"，她祝福了他们，并将她视作自己的儿媳妇。只有柯南·道尔的小叔子霍尔农，即"神偷拉菲兹"的创作者，曾经有一次戳穿他们道："在我看来，你好像觉得界定这段感情到底是不是纯精神恋爱至关重要，但我觉得这两者没有什么区别。区别到底在哪里呢？"而柯南·道尔的回答斩钉截铁，"这就是全部的区别，"他咆哮道，"界定这到底是一段纯洁的感情，还是罪恶的关系的区别。"

无论在小说中还是他的个人生活中，他都是如此善恶分明。多年来，他一直会收到写给夏洛克·福尔摩斯的信；除了表达崇拜以外，有很多人也会请他（请福尔摩斯）帮忙解决实际困扰他们的某些问题或案件。但有一天，有人直接寄了一封信给他，点名请柯南·道尔本人帮忙。信是一位年轻女子写来的，她的丹麦未婚夫在婚礼前夕失踪了。她不禁担心未婚夫是否有生命危险，担心他遭遇了什么危险的事情，否则她不能理解他怎么会失踪。柯南·道尔发挥了他在女士们面前一贯的绅士风度：他接下了这个案子，并顺利地破了案。他不仅找到了那个逃婚的丹麦人，还令那年轻女孩意识到了为这个外国人费心是多么不值得。此后他还接手过至少两起案件，这些案件都更复杂和戏剧性得多。他对破案的投入不仅是出于自己对于追踪罪犯的热忱，更是出于他希望为无辜者洗清冤屈、伸张正义的信念。破获这几起案件令他声名大噪，此后邀他破案的请求不断，有一个背负嫌疑人罪名的波兰贵族甚至在请他破案时直接给他寄来一张空白支票。但除了上面提到的几个案件以外，柯南·道尔把其他的邀约都婉拒了。

在柯南·道尔的人生中，他对空白支票似乎业已司空见惯。福尔摩斯系列给他带来了大笔收入，当他过上衣食无忧的好日子后，他也常常给自己还在贫困中挣扎的弟弟们寄空白支票。1893年，他在作品中让福尔摩斯掉下莱辛巴赫瀑布，从此下落不明。此后，出版商们也常常给他寄支票，恳求他让福尔摩斯活过来。其实在此之前，柯南·道尔早就有了写死福尔摩斯的想法，但他自己的母亲也是福尔摩斯冒险故事的忠实读者，是她救了这位侦探一命。柯南·道尔常常给他母亲写信，阐述他对该系列的厌倦情绪，当他在信件中透露出要终结福尔摩斯系列的念头，表示"他令我分心，没法专注在更重要的事情上"，他母亲立即写信回复："别做这样的事！你不能这样做！不准这样！"于是柯南·道尔推迟了两年才写下这个死亡场景。

众所周知，柯南·道尔最终还是向读者和出版商投降了，一方面是因为他需要钱，一方面也是因为他觉得无所谓。他先写了一个新的案件，但明确说明那是发生在福尔摩斯掉下莱辛巴赫瀑布之前的；之后他才让侦探重新"复活"，并解释说福尔摩斯之前其实并未坠入瀑布。但在此之前，柯南·道尔其实也曾坚持了很久。看到年轻的伦敦市民在帽子上缀着黑纱来悼念福尔摩斯，他也无动于衷。某位布莱克太太评论道："福尔摩斯的死令我伤透了心，他写的书曾带给我那么多快乐……"但这种荒唐感言反而更坚定了柯南·道尔不让福尔摩斯复活的决心。他曾不止一次被这种混淆所困扰：当他发表议会竞选演说时，人们打断了他的演讲，叫他福尔摩斯，不问他政治意见，却净问些荒唐的案件；当他费尽千辛万苦赢得爵士头衔后，他收到数不清的信件向他道贺，恭喜他成为"夏洛克·福尔摩斯爵士"。也许有人会觉得这种混淆会令他不厌其烦，但事实并非如此，最令他心烦的是人们误认得还不够多。也就是说，许多人看他更像华生医生，而不是夏洛克·福尔摩斯。他清楚地意识到，自己的外表看起来更像故事中那位记录案件的医生：柯南·道尔长得人高马大，生着一张阔脸，鼻子扁平，不留鬓角，眼睛小小的，留着长长的小胡子，有一阵子他习惯把它梳理得尖尖的；他的身材既不修长也不瘦削，因此尽管他也抽烟斗，桌上也放着好几个大小不一的放大镜，但他就不是福尔摩斯那种类型的人。从某种程度上，人们因此觉得他实现不了他笔下的人物所作出的那些丰功伟绩。但柯南·道尔之所以讨厌和反感福尔摩斯，倒并不是因为这个原因。他曾在给他母亲写的信里透露过更主要的原因："福尔摩斯的成功掩盖了我其他更优秀的作品，我相信，如果我从来没写过福尔摩斯系列，我在文学界的地位会更高。"作家本人更关心的是他的历史小说（他所谓的"更优秀的作品"）能否在文学史上被认可为出类拔萃的杰作。他花了大量的精力去写作那些作品，并进行了彻底的调查考据，但他的历史小说远远没有侦探小说那样成功。他对福尔摩斯感到厌倦的另一个原因是这个人物形象不能再添加"任何的光与影"，他觉得福尔摩斯就是一个"精密计算的机械"，因此他不能再添加任何元素来破坏"成效"，而柯南·道尔在写作时是非常看重

"成效"的。

柯南·道尔最喜欢的作家是爱伦·坡，而在他的同时代作家中，他最喜欢斯蒂文森。他与斯蒂文森从未当面认识过，但曾与他有过信件往来。当斯蒂文森去世时，他感觉就像失去了一位亲密好友一样异常悲痛。他与詹姆斯和奥斯卡·王尔德都相处得不错，与吉卜林也有着深厚友谊。柯南·道尔对自己在文学史中的重要地位深信不疑，这种坚定信念有助他愉快地度过一生。布尔战争①爆发时，他呼吁运动员们去参战，由于他自己也是个运动员，他立即就志愿报名参军了。他的母亲为此深表震惊，而他则解释道："我觉得自己在英国的年轻人中也许是最有影响力的，尤其是英国的年轻运动员更是会深受我的影响，也许只除了吉卜林以外。因此，我必须给他们树立一个榜样。"遗憾的是，军队认为他年纪太大了，不适合去打仗，只允许他以军医的身份随行。当时他四十多岁，已经深受爱戴。

阿瑟·柯南·道尔于1930年7月7日过世，享年七十一岁。他临终时由家人陪伴在身边，他一手握着他的妻子珍·勒奇的手，另一只手拉着他的儿子阿德里

---

① 指1899年至1902年期间英国同荷兰移民后裔布尔人建立的德兰士瓦共和国和奥兰治自由邦为争夺南非领土和资源而进行的一场战争，又称南非战争。

安。他一个接一个地最后看了一眼他的家人，但没有留下任何遗言。多年以前，他曾说过他成功的秘诀在于写作时从不勉强。在他人生的最后一天，他也没有勉强多说一句。

罗伯特·路易斯·斯蒂文森与犯罪者

罗伯特·路易斯·斯蒂文森一生疾病缠身，最终英年早逝。也许是因为这个原因，再加上在他那个年代，他的那些异域旅行听起来颇具英雄气概，又或是因为他的作品陪伴着许多人度过了他们的童年时代……种种因素导致罗伯特·路易斯·斯蒂文森的形象总是被描述得熠熠生辉：绅士的典范，拥有如天使般纯洁无瑕的心灵。种种赘述有时由于过分夸张，甚至有粉饰事实之嫌。

毫无疑问，斯蒂文森确实颇具绅士风度，但是人无完人，或者更客观地说，哪怕是品德再高尚的人，在一生中多少也会犯下一两桩罪过。斯蒂文森最不绅士行为的举动是有一次在加利福尼亚的蒙特雷不小心纵火烧掉了一片森林。当时有一块地着火了，火势起得很快。这激起了斯蒂文森的好奇心，他抱着科学研究的态度，想了解是不是覆盖加利福尼亚森林的苔藓导致了火灾。为了调查这一点，他竟然直接拿一根火柴点燃了一个树

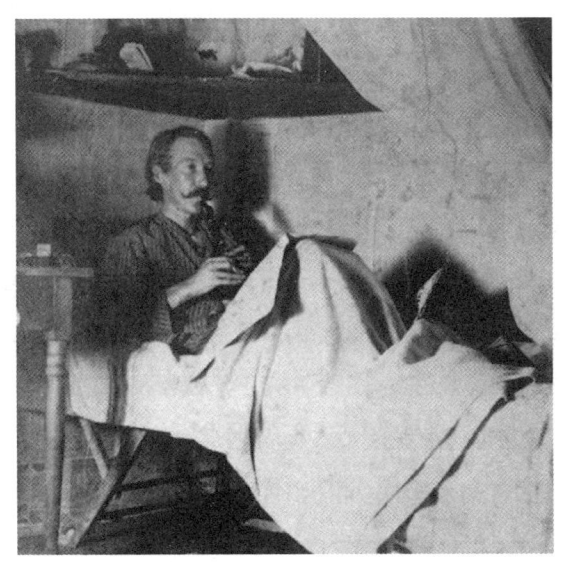

罗伯特·路易斯·斯蒂文森，1892年

桩，却完全没有想到得先把他试着点燃的树桩从树林里挪走以防火势扩大。树桩瞬间就被他烧成熊熊燃烧的火炬，毫无疑问，斯蒂文森的理论得到了证实，他的实验成功了。但此后他的所作所为丝毫谈不上是一个绅士应有的作为：他听到不远处传来人们在扑灭另一边的火势时的声音，顿时意识到自己必须在形迹败露前赶紧逃跑。他像一个不怕拼命的智者和勇士一样飞速地逃走了，这是他这辈子跑得最快的一次。

斯蒂文森在欧洲结识了他未来的妻子范妮·范德格里夫特·奥斯朋，应她的请求来到加利福尼亚替她帮忙。范妮是一个美国女人，比斯蒂文森大十岁。她嫁给了一位奥斯朋先生，生了两个孩子，但她丈夫一直无视她，对她丝毫不体贴。不知出于什么缘故，范妮催促斯蒂文森到加利福尼亚来看她，而斯蒂文森作为备受父母溺爱的家中独子，竟然一个字也没对家长说，就自作主张地从爱丁堡搭船出发了。之后他到了纽约，从那里搭上移民们坐的寒碜火车穿越了整个美国。他的身体本就虚弱，从小就深受肺结核之苦，由于医生诊治得很失败，他一直有咳嗽和出血的症状，因此常常彻夜难眠，还数次徘徊在生死边缘；这次冒险更是严重损害了他的健康。斯蒂文森与范妮·范德格里夫特的恋情开始得有些偷偷摸摸，在跋涉了那么久终于找到范妮之后，斯蒂文森没有留下来和她在一起，相反，他在不知怎么解决了范妮的那个困扰之后，就独自跑去住在一个牧羊场内。俩人的关系直到结婚后才正式公开，自那以后，范妮不仅作为斯蒂文森名正言顺的妻子到处抛头露面，还顺便兼任起了护士和保姆的工作。斯蒂文森曾经有一次说过，如果早知道结婚后他会过得像个残疾人似的，他绝不会结婚。他还说过："一旦结婚，连自杀都救不了你，你只能乖乖做个好人。"有一次他又补充道："我结婚并不是为了寻求幸福；这是一场与垂死病人之间的婚姻，而我之所以还能活着，得感谢我夫人对我的精心照顾。当时我简直就是一个病包，浑身只剩骨头，还咳嗽不止，不像一个新郎，倒更像死亡的象征，但我妻子还是毅然嫁给了我。"他的妻子似乎对这个"病包"毫不介意，照顾病人让她很有成就感和自豪感，她还能从中取得实际利益。事实上，除了亨利·詹姆斯一直以来都对范妮尊重有加，斯蒂文森的其他朋友都不喜欢范妮：她认定所有东西都对斯蒂文森的健康有害，因此过度干涉他的生活，并阻拦他与朋友们相聚，把他们的陪伴所带来的美酒、烟草、莺歌燕舞与闲聊都视作危险之物。

斯蒂文森对范妮十分忠诚。范妮开始尝试写作时，一个朋友指控她抄袭，他也坚决捍卫自己的妻子。尽管如此，他也很难接受范妮对他的生活如此过度干涉。他晚年住在南太平洋，在给亨利·詹姆斯的信中，他曾抱怨自己被迫杜绝烟酒（他说，生活中没有烟酒是无法忍受的，只能"号叫、顿足、仓皇逃亡"）。尽管他对妻子忠诚，有一次他评价范妮的一张照片时，却也承认她已经不再"光彩照人"，而变得"苍白、尖刻而有趣"。事实上，哪怕一个世纪后的今天，我们都会注意到，无论在哪张照片中，范妮·范德格里夫特·奥斯朋总是穿着一身宽松的衣服，神情显得尖酸霸道、孤僻甚至是乖戾。

但也许比起烟酒，斯蒂文森更难接受的是被迫与朋友们分开。要知道在婚前，他一直是朋友成群的，生活相当放荡不羁。在他数次旅行期间，他总是穿得像个流浪汉，外表邋遢，衣衫褴褛。在美国旅行时，他甚至因此被误认为乞丐，人人避之不及。而在生活中，他交的好些朋友也是他那富有而严厉的双亲相当看不惯的。考虑到他所创作的郎·约翰·西尔弗①、海德先生②、巴伦特雷少爷③和盗尸人④等形象，可以看出作者明显道德

---

① 《金银岛》中的海盗角色。
② 《化身博士》中的主人公。
③ 《巴伦特雷少爷》中的主人公。
④ 出自斯蒂文森的短篇小说《盗尸人》。

观念稀薄，就算他自己并不作恶，也会饶有兴致地观察和倾听这些犯罪行径。他对人性之恶充满好奇，且不会因为人们的某些所作所为而有所回避。

斯蒂文森自己从小有着强烈的宗教情结，他会一个人夜里躺在床上，自言自语地描述基督之死或撒旦之怒的场景。同时，他也会满怀热情，天真地尝试所谓的"罪行"，据他自己承认，他成年之后再也没有起过这种念头了。在青少年时代，他曾频繁出入妓院，并积极捍卫他所喜爱的妓女们。同时他还曾参加渎神的辩论，并常常获得胜利。他还曾参加过一个宗教仪式，给自己命名为"Jink"，宣称"为了面对自身的荒谬和后续的嘲笑，发誓做尽所有最荒谬的行径"。但所有这些与他有些狐朋狗友的恶行比起来都算不上什么。他曾经一度和一个讽刺作家交好，那人挖苦起人来的刻薄劲儿在他的故乡爱丁堡无人能及。在他的煽动下，斯蒂文森学会了从任何人、任何事、任何观念中找茬。这位讽刺作家甚至对上帝都毫无敬意，他带着恶意，蔑视神所定下的数条清规戒律；他用一首讽刺短诗嘲讽圣保罗，又用一篇反证论文羞辱莎士比亚。斯蒂文森的这位朋友名叫尚泰勒，他只在喝醉时才会开心。在他的一系列恶行中，最严重的是那些实实在在的犯罪行为。尚泰勒是个法国人，但他在法国犯了谋杀案，不得不流亡海外；之后他去了英国，又因杀人罪行被迫逃亡；而当他来到爱丁堡之后，至少四五个人在参加了"他的私人晚宴，吃了奶酪火锅和鸦片"之后受害。但这个谋杀犯尚泰勒倒是很有文学才华，他能够随口生动流畅地翻译莫里哀的作品。据斯蒂文森说，不管他是不是在骗人，尚泰勒原本完全可以靠做翻译或随便什么别的职业成就一番伟大的事业。然而，他最终似乎总是会放弃那些伟大的理想，转向"更简单的方案"，即杀人。尚泰勒最终被逮捕归案，直到这时斯蒂文森才听说了他的所作所为。据斯蒂文森自己说，如果他知道他的朋友干了什么，他不会与他如此亲密。这话也许可以相信，但不管怎么说，这段经历似乎使得斯蒂文森对卑劣犯罪者的容忍度大大提高；否则我们没法解释，为何他会和流亡波利尼西亚的某个将军相处得十分愉快，还在一封信里为他辩护："在他统治时期，他是伟大的暴君，他杀死他的敌人们，将他们生吞活剥，就像走路回家一样稀松平常；他是一个完美的绅士，十分单纯，和蔼可亲，但绝不是一个傻瓜。"

斯蒂文森人生的最后几年在南太平洋度过，这让他最好的朋友亨利·詹姆斯（至少是他的正派朋友中与他关系最好的一位）非常不满，他不断地给他写信，求他别再做傻事，回欧洲来与自己做伴。斯蒂文森原本答应

1890年会回国，但他最终爽约了。之后，詹姆斯写信指责他的行为只有历史上"最著名的风流荡妇与交际花可与之匹敌"。"你简直如同男版克里奥帕特拉，远洋海盗版蓬帕杜夫人，徘徊于太平洋的浪荡子。"事实上，尽管当地的有利气候使斯蒂文森的健康状况有所好转，但他仍然不得不斡旋于他的妻子、他的母亲、他的继子女和旅行时一直陪伴着他的其他随行人员之间。岛上的原住民们给他起了些傻傻的当地人名字，比如奥那、特利泰拉和图西塔拉①；除此之外，他在岛上的这段生活乏善可陈，堪称他一生中最风平浪静的时光。他到死都一直思念着爱丁堡，但他清楚自己再也回不去了。

斯蒂文森的性格相当难以捉摸，人们一直无法准确地描绘他的为人；有时他会表现得与上文所列举的种种性格特质大相径庭。他一直相当慷慨大方，尤其在《金银岛》大获成功后，他常常二话不说就突然给他觉得有财务困难的朋友寄钱，哪怕有的时候他的那些朋友其实并没有那么缺钱，只是没跟他说实话罢了。他曾说过一句名言："伟大的心灵被欺骗了。'那很好。'伟大的心灵说。"他十分注重名誉，但有时又会显得狂妄自大。有一次，当他谈到吉卜林潜藏的才能时，他给亨利·詹

---

① 萨摩语，意为"故事作家"。

姆斯写信说道:"吉卜林是自打——比如说,自打我出道以后——最有前途的年轻作家。"而在他与亨利·詹姆斯刚相识不久时,他就在另一封信里要求大他七岁的詹姆斯在他的小说《罗德里克·哈德森》下次再版时,从他指出的某两页划掉"巨大的"和"庞大的"这两个形容词。他与詹姆斯惺惺相惜,后者把斯蒂文森看作少有的几个可以与之探讨文学理论的人。斯蒂文森的散文作品堪称上个世纪描写最生动、最透彻的杰作,可惜如今鲜少有人拜读了。当他还住在伯恩茅斯时,家里有把"亨利·詹姆斯的专用扶手椅",他不让其他任何人坐。而等他远走高飞以后,詹姆斯疯狂地想念他。1888年,詹姆斯曾经写信给他:"你已经成了一个美丽的传说:仿佛斯人已逝,但未被埋葬,不自然且令人不快。"

1894年12月3日,罗伯特·路易斯·斯蒂文森在萨摩岛迎来了他"顺其自然"的死亡,并被正常地埋葬。那天傍晚,他结束一天的工作后和妻子玩了一会儿牌,然后下到酒窖,去取一瓶勃艮第葡萄酒配晚餐。之后他走出来回到门廊,与范妮并肩而立。在那里,他忽然两手抱头,喊道:"怎么回事?"之后他又快速问道:"我是不是看起来很奇怪?"说话间,他已经跪倒在范妮身边。脑溢血使他失去了意识。家人把他抬到床上,但他再也没有醒来。他去世时年仅四十四岁。

写到斯蒂文森,我们当以他的《安魂曲》作为结尾。这首小诗作于多年之前,在他死后,人们把他安葬在萨摩岛的瓦埃阿山上,他的墓碑竖立在海拔四千米高的山顶,碑上铭刻着这首墓志铭:

广阔星空下
掘墓让我长眠
我曾快乐生活,直至欣然死去
但在长眠之际,我有个小小恳求
请在我的墓碑上刻下这首诗:

"长眠此处之人死得其所
如同水手远航回程,
如同猎人下山返乡。"

悲哀的伊凡·屠格涅夫

伊凡·屠格涅夫的小说作品中总是充满悲观主义的色彩，这一点常常遭到同行们的诟病。他自己的家庭氛围是如此刻薄、恶毒，可以说他作品中的阴郁调性只是他对自己家庭最无伤大雅的小小报复。他的母亲瓦尔瓦拉·彼得罗夫娜是一个有钱的贵妇，但性格极其残酷、野蛮、苛刻。而瓦尔瓦拉的母亲，也就是伊凡的祖母甚至比她更过分；屠格涅夫曾经讲过这样一件事：他的祖母晚年瘫痪在床，每天大部分时间都僵坐在一把扶手椅上。有一天，她对服侍自己的小农奴大发雷霆，激愤中抄起一块木头猛打男孩的头，把他打得倒在地上昏迷不醒。老太太见状竟然更加不满，她把男孩拖到自己身边，把他的头按在自己坐的扶手椅上，在他还在流血不止的脑袋上方放了个坐垫，然后直接坐了上去，令他活活窒息，这样她就不用再看见令她不快的流血场面了。

必须承认，面对这样的家长，屠格涅夫能写出他的

伊凡·屠格涅夫，1879 年

第一部小说著作《猎人笔记》，无疑勇气可嘉。有传言说，沙皇亚历山大看了这部小说三天后就颁发了农奴的解放令。传言还说，皇后曾经至少两次要求审查官别管屠格涅夫的书，也不知这对屠格涅夫来说到底算是一种褒奖还是贬低。自《猎人笔记》开始，屠格涅夫写了数量众多的文学作品，直指俄罗斯社会的种种问题，然而即使如此，终其一生，他都要不断面对自己同胞的贬抑和敌视。他的俄罗斯同胞认为他性格反常、过于西化、不敬神明、为人冷淡而轻浮，还认为他花了太多时间游荡在法国、英国和德国等地，成天忙于猎鹧鸪。事实上，屠格涅夫虽然确实热衷打猎，但他并没有因此忽视自己祖国的种种问题。他的一位朋友曾有一次建议他买个望远镜好好观察一下自己的祖国，这种嘲讽对他显然是不公平的。

确实，屠格涅夫的性格中有自相矛盾的部分，他该向他的好友们道歉，请他们原谅他对两类朋友区别对待，言行举止表里不一：在他写给他的斯拉夫朋友们的信件中，他对西方世界激烈斥责，尤其反对法国人的信仰与习俗；而在写给福楼拜、莫泊桑、梅里美和亨利·詹姆斯的信件中，他却和所有俄罗斯人一样，对一切与俄罗斯相关的事物痛苦地大加抱怨。要不是他的贵族举止暴露了他的外国人身份，在巴黎，他几乎可以被视作一个真正的法国作家了。当他回到斯帕斯科耶和圣彼得堡的自家产业时也一样，不管是当地农奴还是其他作家都以为他是外国人。甚至有一次，当他和自己的英语翻译罗尔斯顿结伴回到斯帕斯科耶时，引起了很大的误会。罗尔斯顿与屠格涅夫长得很像，俩人都身材高大，须发雪白。当地农奴看到自己的主人与一个和自己长得如出一辙的外国人结伴而行，这外国人又懂得俄语，还挨家挨户地拜访农奴家庭，事无巨细什么都问，并把农奴们的一言一行都详尽记录在自己的笔记本上，顿时感到惶恐不安，他们相信这种行为背后一定有什么险恶的阴谋，甚至是超自然的邪法作祟。这些农奴最终认定，神秘的访客将给他们带来诅咒，许多人因此收拾好了自己的全部家当，破破烂烂的马车在路上排成一列，准备好背井离乡。他们相信，主人邪恶的分身将会把他们带去英国，而他们在当地的位置将被一批更顺从的仆人所取代，那些未来的仆人很可能是他们的主人通过什么神秘的交易，从英国换来的。

屠格涅夫是个仁慈而温和的地主，但考虑到他们家的传统，也难怪他的农奴们不惮以最匪夷所思的揣测来怀疑他。他的母亲瓦尔瓦拉·彼得罗夫娜的性格之残暴不亚于他的祖母：她把农奴称为"附属品"，对待他们比对待物品还不如。她的暴行举不胜举，随便举个例子来说，她不准自己的女仆生育，认为孩子会令她们在执行命令时分心。如果有些小生命突破重重阻碍，意外地降临人世，她会立即将新生儿丢进池塘。瓦尔瓦拉·彼得罗夫娜对待自己的亲生儿子（尼古拉和伊凡）也没有好到哪里去，直到孩子们快成年了还在用鞭子打他们。她对自己的孙辈同样残忍，虐待伊凡和家里的一个裁缝私通生下的非婚生女尤其厉害。这个祖母经常乘屠格涅夫频繁出国旅行的时候折磨自己的孙女。她会把小女孩打扮成小淑女带出来给家里的客人看，问他们这女孩像谁；所有人都会回答女孩长得像她的儿子伊凡·谢尔盖耶维奇。于是，她会剥下小女孩身上的漂亮衣服，重新把她关进厨房——小女孩的大部分时间都在厨房里度过。尽管如此，伊凡仍是她的最爱，证据就是有一次俩人又一次大吵一架之后，瓦尔瓦拉·彼得罗夫娜气得把她那年轻而无礼的儿子的一个肖像猛砸在地上摔得粉碎，此后整整一年的时间里，她都不允许任何用人收拾地上的碎片。

屠格涅夫和女人之间的感情生活不算顺利，人们很容易会想到，尽管他如此憎恨自己的母亲，却难免不由自主地会在感情生活中表现出同样的暴力倾向和控制欲。他的一生挚爱是歌唱家波琳·维亚尔多，别名"加西亚"。鉴于她其实是一名西班牙吉卜赛后裔（至少她自称如此),"加西亚"很可能才是她的真名①。多年来,她持续拒绝屠格涅夫的热烈追求,最终才向他屈服;但自始至终,她从未抛弃过自己的丈夫、大她二十岁的维亚尔多先生。相反,是屠格涅夫学着适应了这个情况。很明显,他与这对夫妇有着多年交情,一方面他和维亚尔多先生是"哥们儿";另一方面他却又与"加西亚"多少算是事实夫妻。维亚尔多夫人长得并不漂亮,但她性格独具魅力,个性鲜明,才华横溢。诗人海涅满怀激情地这样描绘她:"她的表演热情洋溢,当她张开大嘴,雪白的牙齿闪闪发亮,她的笑容如此甜美而残忍,野性十足,让人恍惚以为是来自印度与非洲的奇珍异兽活生生地在你面前复苏。"诗人热情的追捧曾令屠格涅夫惶恐不安,毕竟和海涅或德拉克洛瓦等崇拜者不同,他对波琳的感情可不仅局限于舞台。但维亚尔多夫人,或曰"加西亚",对屠格涅夫并不忠诚,她曾与一名画家交好,导致俩人关系决裂,不过没多久他们就又旧情复燃,重归于好。终其一生,作家一直为波琳作曲并表演的轻歌剧创作歌词,甚至还亲自出演:他扮成土耳其苏丹,在地上滚来滚去,身边围着一圈宫女。维多利亚女王曾经亲自观赏过一次这样的演出,并表示相当欣赏,

---

① "加西亚"(Garcia)是一个常见的西班牙名字。

但她同时也质疑对于屠格涅夫这样一位伟大的绅士而言，这样的行为是否"体面"。

托尔斯泰也曾表达过和女王类似的质疑。有一次，他目睹屠格涅夫在一场热闹的生日派对上与一个十二岁的小女孩一起大跳康康舞。托尔斯泰伯爵是个严肃的人，他当晚就在日记里写道："屠格涅夫……跳康康舞。悲哀。"当然，这两人有着深厚的友谊，只是他们的性格截然不同。导致两人分道扬镳的导火索是有一次两人就俄罗斯是否应该西化进行了激烈的辩论，吵到最后，托尔斯泰提出决斗。他不想将决斗止步于小打小闹，最终把酒言欢，便提出选择猎枪作为决斗武器。屠格涅夫原本已经向他道歉了，但他后来听说托尔斯泰到处跟人说他是懦夫，气得又一次主动提出决斗。但当时他即将出国远游，只好将决斗日期推迟到下次回国之后。这一次轮到托尔斯泰向他道歉了，于是俩人不断推迟决斗日期，一直拖了十七年才最终双双取消了决斗邀约，重归于好。托尔斯泰和陀思妥耶夫斯基在西方旅行时，曾经在赌场输得精光（陀思妥耶夫斯基甚至输掉了自己的手表），当时俩人都找屠格涅夫借过钱。但屠格涅夫的慷慨解囊并未换来陀思妥耶夫斯基的感恩，他经常诋毁屠格涅夫，而且拖了九年才还钱。考虑到陀思妥耶夫斯基患有癫痫疾病，屠格涅夫并没有和他多计较，他像对待一个病人一样容忍他,但态度中难免有一丝轻蔑。

很明显,屠格涅夫更喜欢和他的法国同行相处,他们都对他崇敬有加。他去拜访梅里美或福楼拜时,常常和他们彻夜长谈。而有些英国作家对他就没那么亲热了:有一次屠格涅夫正在讲一个悲伤的故事,卡莱尔①听了却大笑;粗鲁的萨克雷②有一次听到屠格涅夫用俄语朗诵自己崇拜的作家普希金的诗,也同样地笑了他。屠格涅夫去世前两周,莫泊桑去看望他,他请求莫泊桑下次来的时候给他带一把手枪:他的脊椎上长了肿瘤,痛苦万分。他在弥留之际满口胡话,称波琳·维亚尔多为"麦克白夫人",指责她不该否认婚姻的幸福。事实上,他一直把俩人的关系定义为"非官方的夫妻"。他最终陷入昏迷,醒来后,他对波琳说:"靠近我……再近一点儿……离别的时刻到了……就像俄罗斯沙皇……而女王中的女王就在这里。看她干得多好!"很难说他的这些临终遗言中是否带了一丝讽刺意味。伊凡·屠格涅夫于1883年9月3日在巴黎附近的布吉瓦尔逝世,享年六十四岁。根据他的遗愿,遗体被运回圣彼得堡安葬,墓穴紧挨着他多年前已经去世的老友别林斯基的

---

① 托马斯·卡莱尔(1795—1881),英国作家、历史学家。
② 威廉·梅克比斯·萨克雷(1811—1863),英国作家,代表作有《名利场》等。

坟墓。

屠格涅夫非常容易相信他人，因此他一生中常常遭人欺骗。他尤其轻信自己的同胞，只要听说有人遇到麻烦，他就不吝于慷慨解囊、热情相助，哪怕对方与他素不相识。尽管他是无神论者，而且性格轻浮，但他对待文学的态度非常严肃，在道德上比他的同代人更为严于律己。在他鲜为人知的作品《托普曼的处刑》中，他描述了自己1870年在巴黎看到的一次死刑场面，并写道，当谋杀犯托普曼被斩首的瞬间，"我感觉自己仿佛也犯下了某种不为人知的罪行，一种秘而不宣的罪恶感在我的体内不断膨胀"。他接着补充道，在此时此刻，拴在马车上准备运送尸体的马匹也许是现场唯一无辜的生灵。这段描述是文学史中针对死刑所作出的最令人震撼的控诉之一，或者更确切地说，是最悲哀的描述之一。"加西亚"，也就是波琳·维亚尔多与他最为相熟，她评价伊凡·屠格涅夫为："人类之最悲哀者。"

苦痛缠身的托马斯·曼

按照托马斯·曼的理论,一部小说如若不带任何讽刺,则必定寡淡无味。当然,他自认自己的作品充分贯彻了讽刺精神的精髓,任何读过他那些成名杰作的作者也无疑会强烈认同他的这一天赋。托马斯·曼严格区分"幽默"与"讽刺"之间的界限,读者需要明白这一点,才能更好地理解他的主张。比如说,他认为狄更斯的作品就是幽默有余而讽刺不足。这也许解释了托马斯·曼的作品为何难得故意逗人发笑(读者能够想象作者写下这些段落时面带笑容的样子),而狄更斯的作品则让读者每读几页就会开怀大笑一次。

显而易见,托马斯·曼在自己的个人生活中也相当不苟言笑(甚至面对逗笑也不为所动),他的个人书信和日记都显得惊人的严肃。1975年,在他去世后二十年,他的日记才被公开。读者从这些记录中可能挖掘出三个延迟公布的理由:通过卖关子彰显自己的重要地位;避免公众过早知晓自己看到年轻小伙子就移不开眼的性

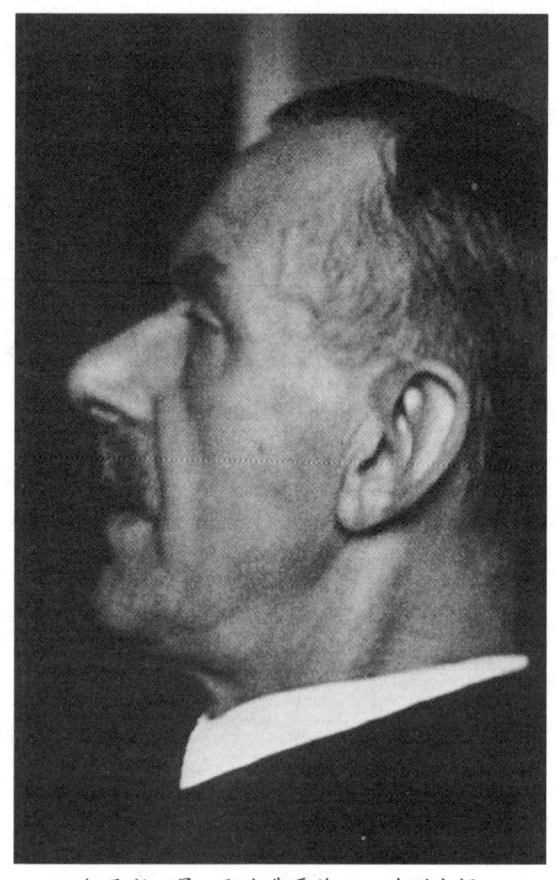

托马斯·曼,阿尔弗雷德·A.克诺夫摄

癖；以及隐瞒自己胃病缠身的事实，不让任何人知道病痛（这里指的是他的胃病）对他的折磨有多深。

如果一位作家生前留下遗作，并明确规定必须在他去世后等待若干年后方可公布，这位作家想必对自己的重要文学地位自信满满；因为事实证明，在经过耐心的漫长等待之后，终于公之于世的遗作有可能会令人失望。在托马斯·曼的日记中，最令读者惊讶的莫过于记录事无巨细：从早上几点起床、当天天气如何，到他读了什么，尤其是他写了什么；所有大小琐事他都认为值得记录。他很少对这些事进行品评，因此他的日记就像是为了帮助后人面面俱到地重现他每一天的生活；而非为了记录下某些私密事件，或倾诉个人观点而存在。读者会感觉托马斯·曼在写作时正想象着后人一边细细研读他的日记，一边在翻阅间惊叹不已："天哪，原来这位伟人是在这一天写下《被挑选者》的这几页的；这天晚上他还读了海涅的诗。好一个重大发现！"他在日记中还坚持不懈地记录自己胃病的情况，读者读到这些意料之外的段落时，想必更是饱受冲击，备感震惊："身体不适。结肠和胃部的疾病造成腰疼。"1918年的某一天，他写道："腹部轻微疼痛。"1919年，他觉得有必要记录下这一症状。同年他还写道："早餐后有便意。"1921年，病情并未好转，但他仍不吝赘述："夜晚心跳加快，胃痉挛。"或者是："身体不适，消化系统刺痛。"之后到了1933年，他依然日夜记挂自己的病情，理由充分："今天在床上吃了早饭。有要腹泻的倾向。"一年之后看到他的抱怨，读者想必已习以为常："肠绞痛。"1937年，他又清楚地承认："我胃里不干净。"并补充道："我吞咽食物有困难，必须先用滤网过滤。"到了1939年，病情又走向另一个极端，他觉得有必要再记一笔："便秘。"直到1938年，我们才终于找到了一段略有不同的笔记，但同样令人读来不适："我有一阵子没戴假牙了。痛苦。"

不过，读者也不能因此就判定托马斯·曼的日记中只有对其日常病症不厌其烦的赘述：除了记录当天有没有喝酒、他的地毯终于清洗完毕还回来了、他去修脚师那里修了指甲等等琐事以外，托马斯·曼的日记中也对自己饱受折磨的性生活进行了详细描述。比如："缠绵。"或："色欲之夜。但无论如何没法平静下来。"或者更具争议性的："昨晚，上床后不久，我忽然感到一阵性冲动，神经过度紧张造成严重影响：过度兴奋、恐惧、辗转难眠。胃里泛酸，直觉得恶心。"然后又是："恣意求欢，不过虽然过度兴奋会导致失眠，对智力的影响却是更为积极有益的。"这种"有助智力"云云的说法有助于我们更好地理解下面这条可说是十分费解的评论:"由于推不掉给爱德华·凯瑟林①写讣告的任务,我的性生活和日常生活都错乱了。"最后,在这条语气乐观甚至是坚定的笔记中,胃病和性欲两大主题终于合二为一:"我必须戒喝如今的啤酒:不仅对胃不好,而且酒精还起到春药的作用,令我过度兴奋、彻夜难眠。"但他最常见的笔记是:"昨晚和今晚都欲火焚身,饱受折磨。"

显而易见,托马斯·曼在日记中从不指名道姓,但可以推测这些欲火焚身、坐立不安的冲动和性生活所指的对象是他的妻子卡提娅,后者为他生下了六个孩子。但他对其他女人则全都视而不见,注意力只在男性身上。有一次他参加罗宾德拉纳特·泰戈尔的朗诵会,之后描述泰戈尔"仿佛一个年迈而优雅的英国贵妇"。但他同时敏锐地注意到泰戈尔的儿子"肤色黝黑,身材健美,充满阳刚之气"。在那场活动中,他还"被两个陌生的年轻人深深吸引,他们俊美绝伦,可能是犹太人"。几天后,他与一个"年轻健康的金发男孩"同行,感到"心醉神迷";几周之后则是一个年轻园丁,"面部光洁无须,手臂黝黑,领口敞开,令我心仪"。他尤其热衷三十年代的德国电影,认为它们与同类的美国或法国电

---

① 爱德华·冯·凯瑟林(1855—1918),德国著名作家。

影不同，为他提供了"尽情欣赏年轻肉体，尤其是男性全裸性场景的机会"。尽管他通常并不欣赏这种艺术形式，认为其言辞匮乏、仅反映庸常生活，但他依然承认电影"给他的灵魂带来性感冲击"。

人们常常会有点不舒服地意识到，托马斯·曼远不像他的有些读者和朋友描述得那样幽默而犀利，相反，他一直饱受忧郁、怠惰、紧张、恐慌以及其他种种负面情绪的折磨，尤其喜欢大惊小怪。除了普鲁斯特（但他又是另一种完全不同的风格），没有人曾像他一样，深挖疾病与艺术之间的紧密联系；在这方面我们也可以说他的风格有点过时，毕竟早在 1901 年，他发表第一部小说《布登勃洛克一家》之前至少一个世纪，这个主题就已经有人写过了。奇怪的是，他的种种疾病和焦虑症状一直表现稳定，从一而终，无论是第二次世界大战爆发，他被迫离开德国时，还是他 1929 年荣获诺贝尔文学奖时。无论他漂泊到哪里，他身上始终带着这些毛病，仿佛这是世界上最自然的现象。他的光辉形象的树立最终得益于他自始至终明确反对纳粹的态度，尽管其实他其他的政见和非政治理念都并不明确，甚至不那么值得推荐：在反对法西斯主义的同时，他似乎也同样反对自由主义，而推崇"理想的独裁"，这种描述过于隐晦，似乎只是为了掩盖"独裁"一词的意义。

托马斯·曼的一大缺点是他真心认为他对自己还不够重视。从他的小说、随笔、书信和日记中显露的种种迹象来看，他似乎坚信自己必将永垂不朽。有一次，一位美国人盛赞他的作品《威尼斯之死》，说得他都脸红了，即便是为了表示谦逊，他的表达依然是："不管怎么说，我在写作那部作品时还是个新手。虽然可说是天才学徒，但毕竟还是学徒。"出道以后，他更是自信自己能够写出最伟大的作品。在他写给评论家卡尔·马利亚·韦伯的一封信中，他语气豪迈地提及自己"无论如何，有朝一日将创作出一部巨著"。众所周知，他十分欣赏《堂吉诃德》，在他乘坐汽船"沃伦丹"前往纽约的途中，曾写下读书笔记《与堂吉诃德共同旅行》。然而，《堂吉诃德》睿智而精妙的结局并不能令他满意，他甚至想对结局加以改写："小说的结局疲软无力，不够动人；我会在雅各的故事里做得更好。"他指的当然是他的四部曲《约瑟和他的兄弟们》中的雅各。在西班牙，这部大部头只有胡安·贝内特有耐心（且不怀好意地）把它读完。但令人吃惊的是，托马斯·曼又认为伟大的作品源自谦逊的意图，而非作者的野心。他认为雄心壮志应该是来自作品本身带来的自信，而非源自作者本人。"把远大目标看作是抽象的、前瞻性的东西，认为它可以脱离作品独立存在——没有比这更大的错误了。

作者的狂妄自大本身是苍白无力的，就像一只病鹰。"但涉及他自己的理想时，不管有没有表达出来，读者都可以得出结论，就是托马斯·曼这只"鹰"最大的毛病就是在谈到他自己时会选择性失明。他与一位过去的同学在探讨死亡时曾表示："《魔山》将令我不朽。"1935年的一天，他在日记里写下："一位来自智利圣地亚哥的年轻作家用法语给我写信，向我通报了我对新一代智利文学的影响。"只有野心勃勃、自视甚高的作家才会这么写。这段话中有三个词引人注目：一是"向我通报"，二是"影响"，三是"智利"。

认识他的人说，托马斯·曼仪态庄严，尤其是看背影的话。从正面看，他的鼻子、眉毛和耳朵（都有些尖尖的）看起来有些俏皮，令他在严肃之余又略显古怪。他在公众场合演讲时总是激情洋溢，有一次他在一个朗诵自己作品的广播节目中严重超时，最后在话说半句的当口被生生截断，主办方事后曾向他道歉。在他抱怨仆人时，常常暴露出自己的中产阶级出身："对女佣约瑟法大发脾气"；"厨子不忠，女佣装聋作哑"；"新来的女佣看起来好像还不至于一无是处"；以及"所有用人又一起威胁要离职。这群下贱的流氓令我愤慨反胃"。这些愤怒的评论仅仅摘自他秘密日记中的一小部分。

托马斯·曼的两个姐妹都自杀身亡。他的儿子克劳斯也是一个小说家,与他父亲相比显得默默无闻、态度谦逊。他最终也选择了自杀。托马斯·曼为此备感哀痛,但对于妹妹卡拉的死,他在哀痛之余,也曾诟病妹妹为何选择在母亲家中结束自己的生命,而非选择一个更合适的辞世场所。流亡生活和来自同胞的刻骨敌意也曾令他郁郁寡欢。他后来改籍捷克斯洛伐克和美国。但他一生取得了令人满意的巨大文学成就,可聊以安慰。1955年8月12日,托马斯·曼在苏黎世因血栓去世,享年八十岁。在他死时没有留下任何讽刺的话语。他的家人埋葬了他,随葬的还有一枚他非常喜爱、从不离身的戒指。戒指上的石头是绿色的,但并非绿宝石。

狂喜的弗拉基米尔·纳博科夫

与自己的作家同行相比,弗拉基米尔·纳博科夫所执迷的心结可能并不更多,厌憎之物也并不更少,但他之所以给人留下这种更甚他人的感觉,可能只是因为他敢于承认这一点,并不断宣传和放大自己的执念,并因此造就了自己愤世嫉俗者的形象。他在美国度过了自己文学生涯中最关键的岁月,这个国家以其诚实做派及海纳百川的包容性而自傲,但对美国人尤其是新英格兰地区的人来说,看到一个外国人连流畅地自我表达都做不到,就敢于发表强烈的自我主张,这依然是不受待见的。许多与纳博科夫并未深交的人常常称呼他为"一个令人不快的老家伙"。

纳博科夫在新英格兰地区生活多年,以执教文学为生。他最初在韦尔斯利女子学院任职,该学院是世界上仅存的几所女子大学之一。校园周边环境如田园牧歌般优美,毗邻风景秀丽的慰冰湖,松鼠在茂密的树林中穿梭。尽管任教的教师中有几个男性,但校园里举目所见

弗拉基米尔·纳博科夫，1929 年

几乎都是女孩,大部分青春骄人(人称"女学生"),通常来自家规保守而严格的富裕家庭(因此也被叫做"公主们")。许多人会由此推断,正是这些青春少女身着校裙(尽管当时短裙已开始流行)的模样启发作家日后创作了他最著名的作品《洛丽塔》;但作家本人曾澄清过无数次,这部杰作的灵感其实是源于他早在欧洲时就已写下的一部小说《魔法师》,彼时他还在用俄语写作。此后,他又在康奈尔大学任教了很长时间。该大学是一所男女混合制大学,但两所大学的生源水平并没有太大差距。纳博科夫似乎从来都没有对教学活动表现出太大的热情,上课的工作令他备受困扰,苦不堪言。在课堂上,他先写板书,随后把课件摊在讲台上慢吞吞地朗读,仿佛在自言自语。他执迷于所谓的"概念文学"理念,或曰所谓的"寓意"。他在课堂上讲解詹姆斯·乔伊斯的《尤利西斯》、卡夫卡的《变形记》、《安娜·卡列尼娜》和《化身博士》等作品时,能够非常精确地描述出都柏林的城市地图[1];格里高尔·萨姆沙[2]到底变成了哪种类型的甲虫;1870年时,从莫斯科到圣彼得堡的夜间列车的具体车厢布置[3],以及杰基尔医生[4]宅邸内外

---

[1] 《尤利西斯》的故事背景发生在都柏林市。
[2] 《变形记》中的主人公。
[3] 《安娜·卡列尼娜》小说结局是女主人公安娜卧轨自杀。
[4] 《化身博士》中的主人公。

的样子。根据他的说法，要尽情欣赏一部小说，就必须对小说中的这些细节描述有十分清晰的概念。

纳博科夫厌世者的声名在外，奇怪的是他居然会常常把"愉悦""幸福""狂喜"之类的词挂在嘴边。他说他写作是出于两个原因：因为写作令他"愉悦""幸福""狂喜"；为了摆脱手头正在创作的作品。他号称，一部作品一旦开了个头，摆脱它的唯一办法就是将其结束。不过，曾经有一次，他试图尝试用另一种更快的、无法更改的方式来创作。1950年的某一天，纳博科夫在创作《洛丽塔》的过程中遇到重重技巧上的困难，深陷自我怀疑，于是他走向家中的花园，打算烧掉小说的头几章手稿，幸好被他的妻子薇拉看到后拦住了。还有一次，他曾表示保留手稿是出于自己内心的不安，担心被毁的手稿将像幽灵般阴魂不散，纠缠他一辈子。不过毫无疑问，纳博科夫对自己的这部作品十分上心，在他好不容易鼓足勇气将其完成后，他还亲自将其翻译成俄语，尽管他心知肚明，他的同胞在他有生之年绝不会有机会读到这部作品。

我们还要注意到，虽然纳博科夫不愿放弃这部作品，但他在人生中曾放弃过很多东西。他曾说，不管外在的状态看起来如何，所有艺术家的本质都是流浪者。但这话反映在他自己的情况中则多少有点讽刺。他毕生都在缅怀（可以这么说）自己所失去的一切，不厌其烦地思念故乡，回忆童年；尽管他明知自己永远不会再回俄罗斯，他还是时不时地会想到要不要制作一个假护照，以美国游客的身份回去看看他家在罗日杰斯特维诺乡间的老宅——苏联人已经把那里改建成一个学校；或者看看他家在圣彼得堡的房子（当时圣彼得堡改名赫尔岑，后又恢复原名）。但和所有"公开的"流亡者一样，在他内心深处，他其实明知返乡之旅将有百害而无一利，只会破坏他恒久不变的童年回忆。毫无疑问，由于这些损失造成的心理阴影，纳博科夫后来再也没有购置过房产。在他离开俄罗斯后的头二十年，他在巴黎和柏林生活过，之后又去了美国，但均未置业。他的晚年在瑞士度过，住在蒙特勒皇宫酒店，其住处俯瞰日内瓦湖，由好几个相连的房间组成。他的几个访客都说，房间里只有些临时布置，看起来仿佛他才初来乍到。作家兼昆虫学家弗雷德里克·普罗科希曾经有一次来看他，俩人都热衷蝴蝶研究，并就此兴致勃勃地展开长时间的讨论，尽管谈话过程中，"愉悦""幸福""狂喜"等词频频出现，但在普罗科希看来，东道主纳博科夫的声音听起来"十分疲惫、忧郁、情绪低落"。在客厅半明半暗的阴影之中，他看到纳博科夫微笑了几次，"也许出于快乐，也许是因为疼痛"。

所有这些感受可说十分微妙，因为纳博科夫从未公开抱怨过自己的处境。相反，在他旅居美国的日子里、甚至包括他离开美国以后（但依然保留着美国国籍），他一直在不断强调自己在美国的生活如何幸福，并盛赞这个新国家的一切。如此坚称有可疑之嫌：有一次，他曾称自己"就像亚利桑那州的四月一样美国化"，这说法听起来显然令人难以置信；而在他位于皇宫酒店的住处中，可以看到一个架子上夸张地摆放着星条旗。但他也清楚流亡者"最终总会贬抑自己的容身之处"，当瑞士热烈地欢迎他的到来时，他还记得列宁和尼采是如何憎恨这个国家。毕竟人对自己童年故乡的怀旧之情是无可比拟的。

不过，在纳博科夫的回忆录《说吧，回忆》中，他曾忆及当自己二十岁离开俄罗斯时，最令他坐立不安的是在他离开后的好几周，甚至好几个月里，他当时的女友塔玛拉依然在不断地写信寄往他在克里米亚的旧宅邸的地址。在他离开圣彼得堡后，他曾短暂地在那里居住，直至最终离开，但彼时那座宅子业已被抛弃。这些信永远不会有人打开，也永远不会有人回复；当恋人的嘴唇最后一次吻过这些信，将其寄出后，这些信件的时间就永远凝固在了这一刻。

二三十年代，巴黎和柏林都挤满了俄罗斯移民。在加入他们之前，纳博科夫和弟弟谢尔盖在剑桥读了三个学年，拿到了毕业证书。纳博科夫对剑桥的印象并不算很好：他们留在俄罗斯的丰厚家产和英国生活的故作清贫对比过于鲜明，令他饱受冲击。他最美好的回忆是关于足球的，他向来喜爱这项运动并积极参与，无论在故乡还是在剑桥，他都以明星守门员的声名而著称。很显然，他曾在球场中多次救起险球，并因此树立了自己有点神秘而有距离感的传奇守门员的形象。根据他自己的说法，他当时看起来"就像一个异域传说人物打扮成英国足球运动员的样子，用无人知晓的遥远国度的语言作诗，没有一个人听得懂"。

纳博科夫与家人之间保持着一定的距离；即便当他们还住在俄罗斯，还未四散各方、远走海外时，他与自己的两个弟弟和两个妹妹也不算亲近（也许比他和父母之间的关系稍微紧密些）。与他年龄最接近的弟弟谢尔盖只比他小十一个月，但他对俩人共同度过的童年几乎没什么回忆。谢尔盖后来被指控为英国间谍，1945年在汉堡的一个纳粹集中营因营养不良去世。谈及弟弟的死，纳博科夫显得过分冷静。他说起自己父亲的死因时情绪更加动摇一些：纳博科夫的父亲于1922年在柏林遭到谋杀。当时他去参加一个公共集会，遇到两个反对者企图杀害集会的演讲人；他父亲站出来保护对方，撂倒了一个杀手，但另一个一枪断送了他的性命。

纳博科夫一直以来都自负天才，虽然直到五十六岁时，他才因《洛丽塔》的出版引发巨大争议，从而举世知名。他曾为自己口语表达的笨拙开脱，并表示："我像天才一样思考，像杰出的作家一样写作，像孩子一样说话。"他尤其讨厌别人说他的作品受到其他作家的影响，不管是乔伊斯、卡夫卡还是普鲁斯特。他特别讨厌陀思妥耶夫斯基，认为他是一个"笨拙、庸俗、哗众取宠的廉价人物"。事实上，他几乎讨厌所有的作家，托马斯·曼和福克纳，康拉德和洛尔迦，劳伦斯和庞德，加缪和萨特，巴尔扎克和福斯特。他勉强能容忍亨利·詹姆斯、柯南·道尔和H.G.威尔斯。他欣赏乔伊斯的《尤利西斯》，但评价《芬尼根的守灵夜》是"地域文学"（他对这类作品通常不屑一顾）。他只对同胞别雷①的《彼得堡》、《追忆似水年华》的上半部分、普希金和莎士比亚等为数不多的作品稍许网开一面。他不能理解《堂吉诃德》，但尽管心存疑虑，他最终还是承认这部作品"感人"。他尤其厌恶四个医生/博士："弗洛伊德博士、日瓦戈医生②、施韦泽③医生和古巴的卡斯特罗

---

① 安德烈·别雷（1880—1934），俄罗斯著名作家。
② 小说《日瓦戈医生》中的主人公。
③ 阿尔贝特·施韦泽（1875—1965），著名医生、学者、人道主义者，曾获诺贝尔和平奖。

博士①。"在这其中他最为痛恨弗洛伊德,称他为"维也纳江湖医生",认为他的理论和中世纪那些占星术、手相学等旁门左道是一类货色。他所讨厌和憎恨的东西除此之外还有很多,随便举几个例子:他讨厌爵士乐、斗牛、原住民的土著面具、背景音乐、游泳池、卡车、晶体管、净身坐浴盆、杀虫剂、游艇、马戏团、痞子、夜店、摩托车的轰鸣声等等,诸如此类不胜枚举。

不可否认,纳博科夫是自大的,但他的傲慢任性又十分真诚,有时确实显得有理有据,还常常带点幽默。他曾自豪地声称其家族历史能回溯到十四世纪,祖先纳博克·穆尔扎是一位流亡俄罗斯的鞑靼王子,据说是成吉思汗的后裔。他更为自己家族在文学史上那些语焉不详的先人而备感自豪,包括实际发生的(他父亲就写过好几本书)和仅限于传说的,例如,他的一位先祖和克莱斯特②有所联系,另一位认识但丁,还有一位和普希金有渊源,另有一位与薄伽丘相识。连续和四位名人沾亲带故,看起来不太像是巧合。

从童年时代起,纳博科夫就饱受失眠之苦。他在青年时风流成性,性格成熟后却十分坚贞(他把几乎所有作品都献给了妻子薇拉),但总体来说,他的性格更像

---

① 卡斯特罗拥有博士学位。
② 海因里希·冯·克莱斯特(1777—1811),德国小说家、剧作家。

一个隐士。他最大的"愉悦"、"幸福"和"狂喜"都源自独自进行的活动：捕捉蝴蝶、钻研象棋棋谱、翻译普希金的作品、写书等。1977年7月2日，他在蒙特勒去世，享年七十八岁。当时我正在塞维利亚西尔贝斯街上的拉雷多餐馆吃早餐，打开报纸时看到了他的讣告。

纳博科夫尤其厌恶别人颂扬"真诚简洁"的艺术，或将艺术之美归功于"真诚"或"简洁"等因素。在他看来，艺术是一门手艺活，即便在表达最真诚、最深切的情感时，也不能忽略技巧。他也曾这样解释过："对优秀的艺术和纯科学而言，细节就意味着一切。"他余生再未回过俄罗斯，也再未与塔玛拉联系。也许只有在他一本本地完成他那些技巧精湛、情感动人的作品，写下一封封长信纪念过往时，昔日的回忆才会浮上他的心头。

等待中的莱纳·马利亚·里尔克

莱纳·马利亚·里尔克年轻时,曾去亚斯纳亚波利亚纳拜访年迈的托尔斯泰。著名的露·安德烈亚斯·莎乐美①陪着他在作家的庄园田间散步时,托尔斯泰问他:"你最近在做什么?"诗人自然而又略带羞涩地回答:"我投身于抒情艺术。"据说,托尔斯泰对这个回复大肆抨击,他把所有抒情艺术都贬抑得一文不值,并声称任何人都不该在这上面浪费时间。

很显然,年轻的里尔克对这位俄罗斯文学巨匠的言论不置可否,事实上历史上鲜有诗人像他这般,以一种全然执着而痴迷的状态,全身心投入各种题材的抒情文学的创作。里尔克不仅创作抒情诗歌,还在他的散文、日记、信件、时评、游记、戏剧等各种作品中都大肆抒情。只要他拿起笔来,即便只是为了求人帮个忙,他也一定要以抒情的方式传达,哪怕言辞并不高贵。实际

---

① 露·安德烈亚斯·莎乐美(1861—1937),俄罗斯女作家,与同时代的尼采、里尔克、弗洛伊德等众多名人交往甚密。

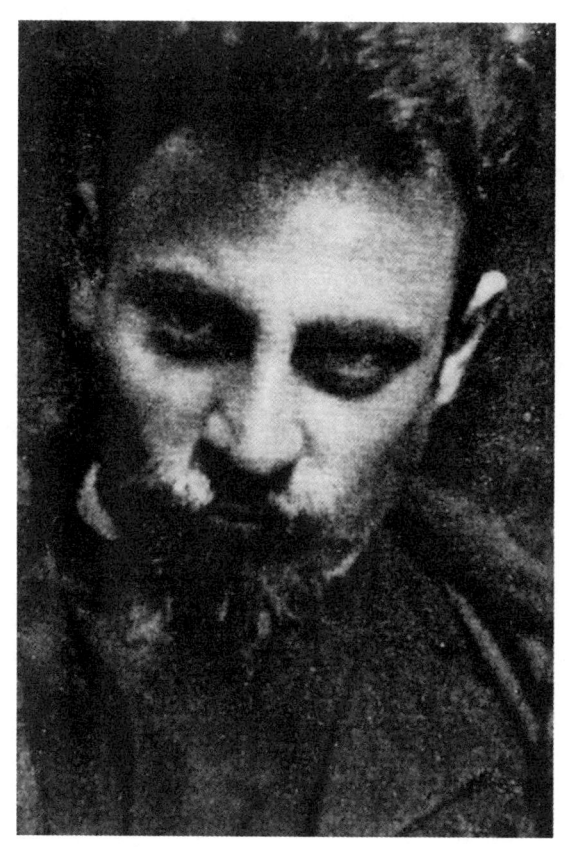

莱纳·马利亚·里尔克，1900 年

上，至少在他出道之初，里尔克显得相当阿谀奉承，他常常对别人的作品表现出过于夸张的兴趣并大肆吹捧，有两次他甚至提出要为他所崇拜的杰作著书立传。他曾以秘书的身份为雕塑家罗丹工作过一阵子，并撰文盛赞他的作品；同时他还曾表示要为西班牙画家苏洛阿加①写作传记，有一阵子他已经连内容都想好了："一本激情燃烧的作品，满溢着花朵与舞蹈。"但这部传记最终没有成形，从某种角度而言这也许是一桩幸事。1906年，苏洛阿加在巴黎为儿子举办洗礼庆典，也许里尔克的热情就是在参加了那次西班牙式的派对后有所消退。一位马德里的记者日后这样描述这场派对："吉他手略韦特精湛的演奏技巧扣人心弦，而另一位吉他手帕尔梅洛则弹奏起弗拉明戈乐曲，为'舞娘'卡梅拉伴奏，后者的探戈舞步激烈交错，在场的布列班神父看得两眼发直。"报道中没有提到里尔克当时的反应，不过在派对结束后，他确实至少创作了一首抒情诗，名字早就前瞻性地取好了，就叫做《西班牙舞者》。

通过杰出的作家费雷罗·阿兰帕尔特的相关作品，我们可以得知，里尔克多年来与西班牙有着紧密的联系，并在旅行中收获颇丰，尤其是在他流连于托雷多与

---

① 伊格纳西奥·苏洛阿加（1870—1941），西班牙著名画家。

龙达的那四个月里。他还曾短暂到访过科尔多瓦、塞维利亚和马德里，但他对后两个城市毫无好感：他认为安达卢西亚省的首都塞维利亚"除了阳光没什么值得期待的，结果果然如意料之中般的一无所有，所幸没有期待就不会失望"。但他还是重点抨击了一下主教堂，"就算不能说是充满敌意，至少也让人感觉冷冰冰的"，而内部的管风琴则是"令人生厌，声音粗嘎刺耳"。他对西班牙首都马德里的评价则更为严苛，刚刚抵达时，他就表示"这地方就像的里雅斯特一般令我讨厌"，而在回程时，他的反感程度减轻了些，但态度更加坚决："感觉位于马德里脚下的这片悲伤的土地其实不能忍受任何一个城市，宁可从未被开垦过。"他花了几个小时造访普拉多美术馆，但很快就逃之夭夭，即便戈雅、委拉斯凯兹与埃尔·格雷科的作品都不能缓解他的反感。

里尔克曾经有一阵子像崇拜苏洛阿加一样地痴迷埃尔·格雷科，而他对抒情艺术的热爱更是伴随终生，无论何时何地都一样狂热。里尔克的生活十分漂泊不定，从 1910 年起到 1914 年 8 月，他曾在五十多个不同的地区逗留，可以想见，在此期间他并未真正在哪一处定居，而势必一直在旅行途中。自他离开故乡布拉格起，他便开始四处旅行，首先到访了慕尼黑、柏林和威尼斯，随后首次拜访俄罗斯，一年之后又去了上文提到的第二次。接着又是巴黎、威尼斯、维亚雷焦①、巴黎、斯堪的纳维亚的沃普斯韦德、德国、罗马、北非、自然还有西班牙——之后是亚德里亚海上的杜伊诺、随后是慕尼黑、维也纳、苏黎世、威尼斯、巴黎、日内瓦，总之整个行程乱成一团。人们很难搞明白他是从哪里弄来那么多资金来实现这种遍历天下的旅行，况且在此之外他还能省下盈余远程资助自己的女儿露特的抚养费用，尽管金额并不是很高。露特是里尔克与雕塑家克拉拉·韦斯特霍夫的一次狂热闪婚的结晶：俩人在1901年春天结婚，1902年5月就分手了，不过也许正因为时间短暂，俩人在离婚后还维持着良好的关系。克拉拉不仅为里尔克生了孩子，她还引荐诗人结识了奥古斯特·罗丹。根据记载，莱纳·里尔克"每天上午为罗丹工作两个小时"，这是他为数不多的正经工作之一。

里尔克曾在信件和日记中写道，他一直在花时间"等待"抒情灵感的到来。在他等待灵感的时光中不乏众多贵族女性的陪伴（至少从她们的名字和行为举止来看，这些红颜知己多为贵族出身）。这些贵妇朋友慷慨

---

① 位于意大利托斯卡纳大区北部的一个城市。

地招待里尔克入住她们的城堡和宅邸，好让他在等待灵感到来的过程中过得尽量舒适。他的这些女性朋友中包括迷人的露·安德烈亚斯·莎乐美、绝望的埃莱奥诺拉·杜塞①、玛丽·冯·图勒恩-塔克西斯公主、巴拉蒂娜·克洛索沃斯卡②、席多妮·纳德赫尔妮·德·博鲁廷男爵夫人③、玛蒂尔德·弗穆勒·普尔曼④、皮娅·瓦尔玛拉纳伯爵小姐、钢琴家马格达·冯·哈廷伯格、瑞典作家艾伦·凯、曼侬·索姆斯-劳巴克伯爵夫人、伊娃·卡西尔·索尔米茨、爱丽丝·弗朗德里克·冯·诺瓦克祖尔拉贝纳男爵夫人、卡特琳娜·冯·杜林·基彭伯格、伊丽莎白·贡道夫-所罗门、纳莉·温德蕾·沃卡特、玛戈特·西佐·诺里斯·克劳利伯爵夫人、一个来自威尼斯的叫咪咪的女子、当然还包括女诗人诺阿依伯爵夫人、博兰科温王子的女儿、另外还得加上康塔屈泽纳的公主。里尔克在她们有些人的身上感受到了爱的激情，而与另一些人之间仅仅存在单纯的友谊。这份女友名单看起来过于夸张，简直不像是真的，却是事实。不过，里尔克在追求这些女性的过程中也并非百战

---

① 埃莱奥诺拉·杜塞（1858—1924），意大利女演员。
② 巴拉蒂娜·克洛索沃斯卡（1886—1969），法国画家。
③ 波希米亚贵族，曾多次举办有影响力的文学沙龙。
④ 玛蒂尔德·弗穆勒·普尔曼（1876—1943），德国画家。

百胜，至少曾经挫败过几次：诺阿依伯爵夫人曾嫌弃里尔克长得丑，而且俩人初识之际，她对里尔克说的第一句话就很严肃。"里尔克先生"，她问他，"您怎么看待爱情？……您怎么看待死亡？"至于杜塞，里尔克与她相识时，她已经上了年纪，健康状况欠佳，精神也不太正常，但里尔克依然全心全意地崇拜着她。他接近杜塞的机会却被一只孔雀给搅黄了——当时他们正在威尼斯的某座小岛上野餐，那只孔雀突然冲进他们喝茶的地方，对着女演员发出嘶哑恐怖的尖啸，吓得杜塞大惊失色，不但立即从野餐会现场逃之夭夭，而且直接逃离了威尼斯。出于某种古怪的原因，里尔克觉得对那只孔雀感同身受，他带着悔恨的心情，一晚上都辗转难眠。

　　里尔克对动物一直有一种亲近感，这点在他的杰出诗作《杜伊诺哀歌》中体现得淋漓尽致。在与狗打交道的过程中，他似乎发现了更好的自己。在科尔多瓦，他把自己搅拌咖啡用的糖块分给了一条长相丑陋、怀着孕的母狗，并称"我们在一起举行弥撒仪式"。那条母狗直直地看着里尔克的眼睛，照他的描述："她的眼中映射出所有超越个体的真理，并暗示着我们所不能理解的遥远的未来。"他和儿童的相处则不那么愉快，尽管孩子们很尊敬他。至于他的作家同行，他很可能忙于和红颜知己们交往而没有多少时间留给他们，只和少部分作家略有往来。在他逗留威尼斯期间，他曾与加布里埃尔·邓南遮①共用一个名叫但丁的男仆，但与这位崇尚享乐主义的作家本人没有直接见过面。

莱纳·马利亚·里尔克过去常简单地自称"莱纳·里尔克"，而他的朋友玛丽·冯·图勒恩和塔克西斯公主则称呼他"撒拉弗博士"。终其一生，他一直在等待抒情艺术灵感的到来，并在等待的过程中身心备受煎熬。据他的朋友们回忆，他总是一副痛苦不堪的样子，而他自己也在洋洋洒洒的信件和日记中没少抱怨：他由于"接二连三的不幸"而无法"严肃地工作"，尽管他愿意为这份工作献上生命（当然，指的是他的抒情艺术事业）。举个例子：有一次他入住苏黎世伊尔合勒河畔伯格的一座奢华的城堡中，他称园林另一头的电动锯木厂工作时的噪声令他无法集中注意力专心创作诗歌。众所周知，他花了十年时间酝酿《杜伊诺哀歌》，大部分时间都在苦苦等待灵感到来。幸运时，他会"听到声音"，例如有一年的一月，在一阵暴风雨中，他听到有个声音极近地在他耳边吟诵着那首如今大家耳熟能详的诗句："我呼喊，天使的班列中有谁听……？"于

---

① 加布里埃尔·邓南遮（1863—1938），意大利诗人、记者、小说家、戏剧家。

是他顿时呆立于原地,全神贯注地聆听上帝的旨意。之后,他掏出随身携带的写诗用的小笔记本,写下了诗歌的头几行,接着他在不知不觉中自动往下写;到傍晚时已经完成了第一首歌的全部创作。然而之后不久,他就再也听不到上帝的声音了,之后整整十年,他只偶尔听到过几次神的箴言,大部分时间都在一片沉默中苦苦等待。有人难免会怀疑,里尔克这套苦等灵感将至的传奇说辞到底有多少真实性,并猜测这是不是他持续吸引那些女性艺术家朋友的招数。根据作家安德烈·纪德的说法(他与里尔克并无深交,但俩人相识时,里尔克身边尚无太多红颜知己),他记得里尔克曾说自己的大部分诗歌都是一气呵成地写完的,完成后很少再加以修改润色。他给纪德看了自己记录抒情诗的笔记本,其中大量诗歌是"在卢森堡一个花园里的长凳上完成的",上面连一条涂改的痕迹都没有。

与许多优秀的诗人相同,里尔克拥有细腻的共情能力,他不仅热爱动物,也感怀于星星、土地、树木、神灵、纪念碑、画作、英雄人物、矿石,甚至是死亡之美(年轻女子红颜薄命的悲剧尤其令他感伤);他对活人相对却没那么关心。他的敏感细腻、他丰富的共情能力造就了他二十世纪最伟大的诗人的地位(这一点毋庸置疑),这个事实给后人起了糟糕的示范作用:在他之后的抒情诗人们从此开始不加区别地对任何事物加以抒情，但成果寥寥，反而对他们的人品造成了不良影响。

里尔克身材矮小，看起来病怏怏的，第一眼给人的印象相当丑（但他属于越看越顺眼的类型）。他的头型偏长，是尖尖的橄榄型，有一个大鼻子，唇形弯曲，更加凸显出他下巴短、脸颊凹陷的容貌缺陷。他的眼睛却又大又美，根据塔克西斯公主的形容，这双眼睛"颇有女性的柔美，其中又闪着一丝孩子气的狡黠的光彩"。不可否认，他的陪伴令人心情愉悦，至少那些贵妇人都乐于与他待在一起。他曾经屡次遭遇财务困境，但即便如此，他在食物的选择上依然颇为挑剔，有时甚至吹毛求疵。他遵循素食主义食谱，几乎从来不碰他所厌憎的鱼。他对食物的喜好以及他的其他偏好很少为人所知，大家只知道他喜欢字母"y"——他在写作时会尽可能地到处留下这个字母；当然，更知名的是他对旅游和异性的偏爱。他曾经承认，自己只和女性说话，只能理解女性的想法，也只有在与女性相处时他才感觉轻松自在（当然，仅限一小段时间）。"您在期待什么呢？"当里尔克再一次从塔克西斯公主身边逃走后，他的朋友卡斯纳向她解释，"最终，所有的女性都会令他厌倦……"。

经历了一段时间的病痛折磨以后，莱纳·马利亚·里尔克于1926年12月29日在瑞士沃尔曼的一家医院去世,时年五十一岁,死因为白血病。他去世后四天落葬于拉龙,墓志铭是他生前早已拟好的:"玫瑰,纯粹的矛盾,在众多眼睑下索求安眠。"连他的墓志铭都如此抒情,这三行诗句的背后,是漫长等待的光阴。

多灾多难的马尔科姆·劳瑞

1946年,马尔科姆·劳瑞在第二次到访墨西哥时遇到了签证问题,为避免被驱逐出境,他跑去阿卡普尔科①的移民局质问副局长,自己1938年第一次来墨西哥旅行时犯过什么事。副局长于是拿出一份文件,一边用手指敲着,一边回答:"酗酒,酗酒,酗酒。这就是你的全部人生。"当时对方的原话就是如此残酷,但有同情心的人可能会说,更适合形容劳瑞人生的词应该是"多灾多难"。在文学界有众多作家苦难缠身,然而即使如此,纵观整个文学史,劳瑞也可谓经历最坎坷的作家之一了。

在马尔科姆·劳瑞流传至今的大部分照片中,他都只穿着泳衣或内裤出镜,几近赤身裸体——他的躯干呈纺锤形,身材不胖,但有些部分略显凸出。也许是因为劳瑞常常出入热带地区或海滩一带,加上他十分热爱游

---

① 墨西哥著名港口城市。

马尔科姆·劳瑞,1932年

泳，因此才形成了这种穿着风格。但他确实不怎么在意自己的服饰，在劳瑞第二次结婚后不久，他曾经有一次因为赌马失败输了一大笔钱。由于过度沮丧，在他和妻子玛杰瑞·波纳上街时，他乘妻子不备忽然消失得不见踪影。玛杰瑞在温哥华街头找了好几个小时，才在一家妓院里找到他，发现他躺在一张脏兮兮的床上，身上只穿了一条内裤。但是，与常见的情色场景不同，劳瑞并非为了在声色场所寻欢作乐才脱掉了身上的衣服，实际上他是把衣服典当出去换了一瓶松杜子酒，在玛杰瑞发现他时，那瓶酒已经基本被他喝得底朝天。他还在几次更戏剧化的场景下失去过衣服，比如他曾在自己的住处引起过好几次火灾。其中有一次，玛杰瑞奇迹般地从火灾中抢救出了《火山下》的手稿。不过要承认的是，就算当时手稿真的被烧掉了，估计也没什么大不了的，因为劳瑞经常丢失或错放手稿，并因此一次又一次地重写自己的作品，他对此已经习惯了。他的小说原稿版本不计其数，一方面，编辑们老是退回稿件要求他做这样那样的修改；另一方面，他自己也总是对作品不满意。劳瑞花了十到十一年写作《火山下》这部小说，直到他最终有一次拒绝了编辑"再修改一下"的建议，这部作品才得见天日。若非如此，估计这部小说也会和他为数不多的其他几部作品一样，落得个死后才能作为遗作出版的下场。

劳瑞年纪轻轻就开始酗酒，很快便沉湎其中。在青年时代，他曾登上皮拉斯号旅游，想"看看这个世界"（顺便说一下，这次旅程令他大失所望），最后，由于他不小心吃了朋友的剃须膏，又在某次住院期间被院方虐待喝自己的尿，这趟旅程被迫结束。而在皮拉斯号的旅程开始前，劳瑞就已经在他在英国的童年时期"见识过地狱"，至少他自己一直是这么宣称的。根据他的说法，在他小时候，他的好几个保姆都曾经虐待他甚至试图谋杀他。比如说，其中一个曾经把他和他的兄弟罗塞尔一起带到一处荒郊野岭，然后当着罗塞尔的面鞭打他的生殖器；另一个保姆曾把他按在接雨水的桶里想淹死他，还好一个好心的园丁路过救了他一命；第三个保姆曾把他的婴儿床推到悬崖边；还有第四个保姆（或者是前三个中的某一个）曾经试图用一块毯子闷死他。不管具体细节如何，有那么多个保姆齐心协力想要置他于死地，听起来还是有点太过夸张。

毫无疑问，劳瑞喜欢编故事，由于他吹牛的次数太多，导致当他说真事的时候也没人相信他。他的动物缘相当差：有一次，他和好友约翰·索莫菲尔德正在费兹洛维亚区散步（那是伦敦一块三十年代波希米亚风格的街区），俩人看到两头大象出现在费兹洛维亚区的拐角与夏洛特街的接口处。他们赶紧跑去警告其他人，但是等大家回到此处时，大象已经不见踪影，路面上只留下一头大象留下的粪便还新鲜未干，但即便如此，也没一个人相信他们。劳瑞并没有把大象的粪便看做证据或者是幸运的兆头，他认为大象这样做是为了嘲讽他们。还有一次，当他路过一辆马车时，他觉得拉车的马喷出的鼻息是在对他表示鄙夷（动物甚至是没有生命的物体的某些特征有时都会引起他的过度联想）；作为回应，他在那匹马的耳后狠狠击了一掌，打得马踉跄地向前冲了几步，最后跪倒在地。其实马没受什么大伤，不过劳瑞还是因此羞愧了好几个礼拜。更悲惨的故事发生在一只小兔子身上。有一天，他一边把这只兔子放在自己的膝头心不在焉地爱抚着，一边和兔子的主人聊天。兔子突然间身体一僵——劳瑞笨拙的手不小心折断了它的头。整整两天，劳瑞拿着兔子的尸体在伦敦街头徘徊，不知道该如何处理尸体，同时对自己充满深深的厌恶。直到他的另一个朋友建议一个餐馆服务员与他交涉，拿走了兔子的尸体，并承诺会给兔子安排葬礼，"就像上帝给所有动物的葬礼一样体面"。

尽管劳瑞常常闯祸，但他依然朋友遍天下，他的朋友们都承认，尽管劳瑞脾气古怪，但他性格独具魅力，还会激起别人强烈的保护欲。他的所作所为常常令人火大,但当他谈到这些事情时,他自己也会说"别把我太当回事"。在劳瑞去世后数年,他的导师康拉德·艾肯[①]曾经这样描述他:"他的整个人生就是个笑话:没有人比他更像莎士比亚笔下的弄臣角色。我们必须牢记这一点。人们谈到他时总会说:'多么黑暗!多么绝望!多么神秘!'这都是一派胡言。他是我见过的最快活的人。"

劳瑞会弹尤克里里,总是随身带着琴;当某些事令他印象深刻时,他会假装把枪口放在嘴里或用绳子上吊来逗乐大家;但必须承认,他多灾多难的生活掩盖了他的快乐。在他的一生中,他不断酗酒、遭遇火灾、多次出入精神疾病诊所、曾短暂入狱、还多多少少曾经有过想自杀的企图。在他人生最后的岁月里,他曾两次想掐死自己的妻子玛杰瑞,但后者自始至终没有离开他。有一次,他几乎是出于半实验性质地切开了自己手腕上的静脉;还有一次,在阿卡普尔科,他一口气游到太平洋深处,差点回不来。但他手腕上的伤还是痊愈了,太平洋的海浪也没有吞没他的生命;就像他想掐死玛杰瑞时,也许是出于命运的安排,他动手也没有太快,而且万幸两人住得也不是太偏,玛杰瑞的求救声能够被人

[①] 康拉德·艾肯(1889—1973),英国作家、诗人。

听见。

劳瑞的第一任妻子名叫简·加布里埃尔,劳瑞如果想掐死她,倒是更有冠冕堂皇的理由。简在俩人婚后没多久就开始公开和其他男人出去约会。他们的朋友们曾经描述过一个十分可悲的场景:俩人在墨西哥时,劳瑞有一天在公交车站送别自己的妻子,简的生日就在两天后,但她要和一群工程师出去度假,不打算和丈夫一起庆祝生日了。劳瑞送了她一对银耳环作为生日礼物,简收到礼物后鄙夷地看了一眼,随后生气地把它们扔进了自己的手包。劳瑞的第一任和第二任妻子都曾抱怨过他糟糕的甚至可说是"形同虚设"的床上表现,也许这就解释了为什么当他在妓院时,他宁愿卖了衣服换酒喝,却对妓女毫无兴趣。

劳瑞在西班牙与简·加布里埃尔相识,当时他也曾与诗人艾肯共处过一段时间,劳瑞阔绰的父亲还为此给艾肯每个月支付一笔"导师费"。劳瑞在龙达与格拉纳达居住期间形象不佳:当时他尽管年纪尚轻却已经开始发福,成天喝得醉醺醺的,还坚持要戴一顶巨大的科尔多瓦特色帽子,这种帽子当地从来没人戴过。在格拉纳达,他很快便以"英国醉鬼"的身份出名了;人们总是拿他取乐,当地的警察一直盯着他的一举一动。据艾肯的妻子回忆,有一次劳瑞在城里行走时,一群孩子围着他取笑他,他却怎么也甩不掉他们。他在一家唱片店门口停留了一会儿,脸上带着愚蠢的笑容,听了一会儿店里传出的弗拉明戈音乐,随后继续歪歪扭扭地往前走。劳瑞第一次与简约会时也摔了一跤,两人抱成一团滚过赫内拉里菲宫的花园,停下来时劳瑞正趴在简的身上。简本以为劳瑞会利用这个大好机会调情,没想到他却向简谈起了自己当时出版的唯一一部小说《在海外》。

马尔科姆·劳瑞性格幽默亲切,相貌英俊。在他的一生中,曾有好几个同性恋者试图追求他,有一次在纽约,他拜访两个同性恋者时喝醉了,与他们共度一夜,第二天醒来时他不确定自己有没有和他们发生关系。当时他最担心的是自己会不会因此感染上什么性病。当他在剑桥居住期间,另一个同性恋青年曾经威胁道,如果劳瑞不理会自己,他就去自杀。劳瑞去酒吧把这事告诉了几个朋友,他的朋友们都表示:"那就让这家伙去死吧!"但不管是否真是因为劳瑞的原因,当他跑去酒吧咨询此事的那天,那个青年真的结束了自己的生命。

许多事情会引起劳瑞的恐慌,其中他最害怕的情形之一就是过境,但在他颠沛流离的一生中,他又经常需要多次穿越各国的国境线。每次在新的启程时间将近时，一想到要与海关官员照面，他在出发的几天前就会开始发抖、出汗。他还有严重的被害妄想症，尤其是在墨西哥的时候，他坚信当地有个影子政权，他每去一家酒馆、每喝一杯龙舌兰或黑啤时，都在被当地政府偷偷监视。

劳瑞已经习惯了不断经历失败，《火山下》的巨大成功反而令他很不适应。在他生命中的最后几年，他已经无法再亲自写作，只能口述给他的妻子玛杰瑞让她帮忙记录。为此，他需要长时间站着不动，导致他的腿部血液循环出了问题。在多年云游世界之后，他回到了英国，在莱普村定居。劳瑞于1957年6月27日过世，当时离他的四十八岁生日还有一个月。有段时间人们认为他是"死于冒险失误"，但现在看来他当时并不是在拿自己的性命冒险，与之前带有实验性质的行为不同，他当时是真心想自杀。事发的前日，他与玛杰瑞大吵了一架，争吵中玛杰瑞把一瓶松杜子酒砸在地上，把酒瓶砸得粉碎。劳瑞想打她，玛杰瑞则逃到了邻居家。她直到第二天上午才回家，发现劳瑞倒在地上，已经死了。她给他准备的晚饭分文未动，却撒了一地，看起来似乎是当他最终决定吃一口的时候却没拿稳盘子，把菜都打翻了。劳瑞服下了五十粒玛杰瑞的安眠药，在他去世前他就准备好了自己的墓志铭（但玛杰瑞最终没有把它刻在墓碑上），铭文内容是这样的："马尔科姆·劳瑞 / 长眠树荫之下 / 其文采如花绽放 / 言辞热情如火 / 他在夜晚生活 / 他在白日买醉 / 他弹唱着尤克里里离开了人世。"

然而，原文的美妙韵律，非翻译所能表达①。

---

① 该墓志铭的原文全诗押韵，文字如下：Malcolm Lowry/Late of the Bowery/His prose was flowery/And often glowery/He lived, nightly, and drank, daily, /And died playing the ukulele。

杜·德芳侯爵夫人与愚者

有人曾说,来到这个世界本身,就是杜·德芳夫人最大的不幸,但就这种说法而言,她的人生显得太过漫长。但同样也不能说,在她漫长的八十四岁的生命中,她一直在苦苦等候死亡的降临。她自己曾经不止一次地说过:"对生活毫无热情,并不代表期待生命的终结,也不会减轻对失去生命本身的恐惧。"她从未像她的朋友、日后的敌人朱莉·德·莱斯皮纳斯那样陷入过绝望,也从未被谁强烈地伤害过。她单纯只是厌倦人生罢了。

诚然,法语的"倦怠"(ennui)并非就完全等同于"无聊"之意,但两者的意思接近,何况"无聊"本身也就是造成"倦怠"的原因之一。杜·德芳夫人觉得生活了无乐趣,而她抗击无聊的方式反而让她陷入更深层次的厌倦情绪中。但她并未轻易向这种怠惰情绪屈服,在这场与无聊情绪的艰苦斗争中,她书写了大量的书信,并因其优美文笔得以在文学史上留名。她与伏尔

杜·德芳夫人

泰等笔友之间的书信往来数量惊人；在她与英国的花花公子、政客兼文学家霍勒斯·沃波尔交往过程中，给对方写了八百四十封信，而这还只是后世所挖掘出的冰山一角而已。更令人震惊的是，在杜·德芳夫人与霍勒斯相识时，她其实已经失明，所以这些书信并非她亲手写成，而是由她口述、他人听写下来的。俩人开始书信往来时，霍勒斯已步入中年，但还是比时年六十九岁的杜·德芳夫人年轻整整二十一岁。尽管杜·德芳夫人从未亲眼见过他，霍勒斯却几乎可算是她最爱的人（至少在她的信中她是这么表示）。如果她有幸一睹霍勒斯的真容，也许她的激情就会消退，也不会再如此热切地渴望邮差的到来了。毕竟，根据雷诺兹[①]与其他一些画家留下的肖像画来看，这位写了《奥特兰托城堡》[②]的作者眼睛长得像两颗白煮蛋，鼻子长长的，距离嘴巴太远，双唇扭曲。看起来，霍勒斯吸引人之处主要在于其风趣的性格，以及他的嗓音——在他说法语时带有一点点英式口音，听起来更加令人愉悦。杜·德芳夫人不管在年轻时还是上了年纪之后，在情感关系中都不是弱势的一方。她有着强烈的支配欲，依赖着这些书信往来生存，

[①] 乔舒亚·雷诺兹（1723—1792），英国著名历史肖像画家、艺术评论家。
[②] 霍勒斯·沃波尔最著名的代表作。

但谁都知道，比起读信的快乐，回信的过程更令她乐在其中。

自从童年时期起，杜·德芳夫人便是一个坚定的无神论者。她在修道院就读时曾向同学传播无神论的观点，修道院院长找了著名的虔诚主教马西龙①来规劝她。这位"灵魂的救赎者"与她谈完话后只留下一句评价："这是个很有魅力的孩子。"当修道院院长追问他，该给这孩子看什么教本读物时，主教没好气地说："给她教义问答吧。"这个回答宣告了他的败北。到了晚年，侯爵夫人想试试自己能否与其他这个年纪的贵妇一样，变得稍微虔诚一些。另一位贵妇卢森堡元帅夫人更加极端，她曾翻了一页《圣经》就大喊："好可怕的调调！真可惜，圣灵的品位真是糟糕啊！"相比之下，杜·德芳夫人没有这么浮夸，但在女仆替她朗读使徒彼得的书信集时，她对彼得的风格表现出极大的不耐烦，觉得行文前后不连贯。"可是，小姐，"她对女仆大吼，仿佛那些书信是她写的，"你到底理解自己在说什么吗？"即便在她缠绵病榻的临终时刻，她对忏悔神父的态度依然桀骜不驯："神父先生，与我相伴您会很愉快的，但我要求您做到三件事：不许提问、不许论辩、不许布道。"

---

① 让-马西龙（1663—1742），法国天主教著名主教、传教士。

杜·德芳夫人年纪轻轻时便很快离婚了（"与自己的丈夫之间毫无爱情，是许多人都经历过的不幸"），她曾经沉湎于各种聚会狂欢活动，并在此过程中结识了自己的第一个情人：摄政王奥尔良公爵腓力二世。自此，杜·德芳夫人在一段时间内过上了相当放荡不羁的生活，据她自己承认，她与这位法国最有权势的男子独一无二的亲密关系持续了整整两周，这在当时的法国王室算是相当长的一段时间了。曾经有人不怀好意、略带夸张地描述当时的场景："到了晚饭时，摄政王总会叫上一些歌剧演员或其他同类型的女子，与他们关在房间里纵情享乐。他还会叫上自己的十来个男性朋友，作为自己的玩伴……每场晚宴都是一次恣意狂欢。宾客纵欲无度，言辞大胆亵渎，谈话中充满污言秽语，直到醉得不省人事为止。接着，还走得动的宾客自行告退，醉倒的人则需要还清醒着的客人背出去。"

杜·德芳夫人在一段时间内丑闻缠身，但坏名声并未掩盖她的才华。青春期的初次叛逆结束后，她开始对文人墨客产生兴趣，随之创办的文学沙龙造就了杜·德芳侯爵夫人的传奇声名。直至晚年，有点前途的外国人和法国当地的年轻人始终为求得一张沙龙的入场券而孜孜不倦，如果能与这位和伏尔泰、孟德斯鸠、达朗贝尔、伯克、休谟、吉本，以及更早之前的丰特耐尔等名人交往甚密的贵妇共进一次晚餐，回去就可以向子孙后代炫耀一辈子。年轻的座上宾中，有一位是当时年仅十八岁的德塔列朗，他对侯爵夫人的感情天真而真挚。"失明令她的面容显得更为柔和，看起来仿佛沉浸在幸福中。"他表示。

直至人生的尽头，德芳夫人的眼睛都保持着不变的美丽，但若说从能那双眼睛里看到"包容万象的善良"、"值得尊敬的美丽"或"幸福感"，可说是另一种类型的眼盲——事实上，年龄的增长从未改变过德芳夫人的本质，即冷漠甚至有时可说是残忍的性格。她的残忍通常是事出有因的，而她的冷漠则可谓一种自我保护的机制。根据她那些自认与她熟识的朋友的说法（但很难说有谁是真正了解她的），侯爵夫人因为害怕自己会被人所伤，所以宁可先人一步去伤害别人。从她的书信中可以看出，她不止一次在面对朋友的死亡时保持了克制。在一封写给霍勒斯的信中，她在结尾处写道："我还忘了提一件很重要的事，那就是伏尔泰的死。目前还不知道确切的日期和时间，有些人说是昨天，还有些人说是前天……为了缓解痛性尿淋沥的疼痛，他服食了过量的鸦片。要我说，他的死还可说是过度的荣誉造成的，他虚弱的身体无福消受这么大的名声。"伏尔泰终其一生都是杜·德芳夫人的密友，他还曾写下过"我只愿为了拜倒在杜·德芳夫人的脚下而再活一次"这样的话，对于这样一个朋友的离世，杜·德芳夫人给出的回应未免过于冷漠而不合常理。还有一次，她的一个仆人科尔曼在一次事故中意外身亡，于是杜·德芳夫人写道："这是一场莫大的损失：科尔曼服侍了我二十一年，在很多方面都很能干，我对此感到非常遗憾。而且他死于一场十分可怕的事故，这令人悲伤。由于情绪低落，我本不想给你写信，但我今天改主意了……"当四十四岁的朱莉·德·莱斯皮纳斯去世时，她的反应更加冷漠。"她要是能早死十五年就好了，这样我就不会失去达朗贝尔了。"这是她对此所做的唯一评论。

但是就像伏尔泰确实是她的朋友，科尔曼确实是她的仆人一样，朱莉·德·莱斯皮纳斯不但有可能是杜·德芳夫人秘密的侄女，而且毫无疑问曾是德芳夫人最喜爱的人物。她亲自将莱斯皮纳斯从乡下带到巴黎与她同住，还引荐她进入自己的社交圈子。而最终，更年轻的朱莉凭借与杜·德芳夫人当年同等的美貌，以及与她不相上下的智慧，组建起自己的沙龙，并从杜·德芳夫人那边"抢走"了几个她的常客，包括百科全书派的作者和之前提到的达朗贝尔。后者还是籍籍无名之辈时，杜·德芳夫人大力提携过他，讽刺的是他却爱上了朱莉，并因此"叛变"去了对方的沙龙。但感情的因素不足以为他日后的粗鲁言行开脱,"我知道那个老妖婆杜·德芳夫人给你写信了,"他后来曾对伏尔泰说,"也许她还会对你说我和我的朋友们的坏话,但那老妖婆的所作所为只会惹人笑话。"从达朗贝尔的言行来看,尽管他与杜·德芳夫人相识多年,却丝毫没有学到自己的保护者的一丁点优雅和智慧。

杜·德芳侯爵夫人讨厌过度的人工干预,但从现代人的角度来看,她自己的日常生活怎么也算不上是自然,至少可说是颠倒生物钟的。她的日常生活节奏相当违反自然规律:每天下午五点才起床,六点开始接待宾客们共进晚餐。她有时只邀请六七个客人,有时会一次邀请二三十个;在晚宴上,人家边吃边高谈阔论,宴席通常要持续到凌晨两点才会散去。晚宴结束后,她依然不会立刻上床:有时她会和查尔斯·福克斯①玩牌玩到早上七点,尽管当时她已有七十三岁高龄,而且其实也不是很喜欢牌类游戏。在没人陪伴她的夜晚,她会把车夫叫起来,命令他载着自己在空旷的林荫大道间兜风。实际上,杜·德芳夫人对睡眠的排斥源自困扰她多年的严重失眠。有时,她会一直到上午还保持清醒,必须叫人来给她读书,她要听个几段方能入睡。她很享受被人

---

① 查尔斯·福克斯(1660—1773),英国政治家。

喜爱的感觉，但这不代表她能忍住不对她眼中的蠢人评头论足。有一次，一个有名的枢机主教惊讶地提到，雅略巴吉的丢尼修①在殉教后，竟能在腋下夹着自己的头，从蒙马特去一直走到以自己的名字命名的教堂处，差不多有九公里的距离，这一奇迹令他震惊得说不出话来。"哎，先生！"侯爵夫人打断他说，"重点不是距离，而是他迈开的第一步呀！"她评价那不勒斯的大使时说："他说的好处的四分之三我都没得到，但既然他说交易很成功，我觉得这损失可以接受。"问题是，在侯爵夫人的眼里，看谁都像是个傻瓜，甚至包括她自己："昨天我邀请了十二个人来参加晚宴，我真佩服大家各有各的蠢：我们都是一群白痴，只是每个人犯蠢的方式不一样而已。"有时她的语气悲天悯人："凡人皆有可憎之处。"有时则乐观而轻信："当我们被武器和敌人包围时，只要对方不亲自动手，我们就可将其称为朋友，但他们也许会放任杀手自行其是。"或者是泛泛的一概而论："所有的情况、所有的事物都令我生厌，从天使到牡蛎……人生于世这个事实本身就如此地恼人……"有时她也会表露个人情绪："我对我自己从不满意……我真是恨死自己了。"

---

① 生活于一世纪的雅典人，听了使徒保罗的讲道后成为基督徒。他后来被教会推崇为雅典的圣人。

杜·德芳侯爵夫人的文学口味也反映了她急躁的性格：她欣赏蒙田和拉辛，能够勉强忍受高乃依的作品，憎恨《堂吉诃德》。霍勒斯向她推荐一本马耳他的历史书，她却一点也读不下去，因为书里讲到了十字军东征，令她大发雷霆。她喜欢菲尔丁①和理查逊②，热爱《奥赛罗》和《麦克白》，但她觉得《科利奥兰纳斯》③"缺乏常识"，《恺撒大帝》④品位糟糕，《李尔王》带给她地狱般的恐怖，她觉得甚至会玷污自己的灵魂。她不喜欢年轻作家的作品。

在她生命最后的岁月里，她依然坚持组织社交晚宴。杜·德芳夫人于1780年9月23日去世，当时距离她的生日还差两天。不管怎么说，她坚持了自己想要的生活：她曾说，一天的重心在于晚餐。"晚餐是人的四大需求之一。但我忘了另外三大需求是什么"。

在杜·德芳夫人写给霍勒斯的最后一封信中，她曾经向他告别："好好享受生活，我的朋友，尽你所能地去享受。你不必在意我的健康状况；我们几乎已经失去彼此了，以后也许将再也无缘相见；在我走后，你会想

---

① 亨利·菲尔丁（1707—1754），英国著名小说家、戏剧家。
② 塞缪尔·理查逊（1689—1761），英国著名小说家。
③ 莎士比亚撰写的一部历史剧，讲述罗马共和国的英雄科利奥兰纳斯因脾气暴躁而被逐出罗马的故事。
④ 莎士比亚所著历史剧。

念我的,因为被人爱着的感觉是如此幸福。"有人也许会觉得,包括死亡本身在内,世界上没有任何东西能令杜·德芳侯爵夫人惊讶。也许,她当年写给伏尔泰的话并非玩笑:"先生,请给我寄一些玩物来吧,但别送任何占卜类的玩具。因为所有关于未来的预言,我碰巧都已经知晓。"

不苟言笑的拉迪亚德·吉卜林

尽管曾经周游列国,但拉迪亚德·吉卜林给人的感觉却更像一个隐士或者囚徒。吉卜林在印度出生,以记者身份工作,年纪轻轻时就在文坛出人头地。他曾经去过日本、加拿大、美国、巴西、锡兰①、南非等地旅行(只是挑些最遥远的国家举个例子),尽管如此,他给人留下的印象却是保守、不善交际的。他总是埋头沉思,且不知何故总显得闷闷不乐。他曾经给自己的一首诗起名为《礼赞疼痛》,在诗中他盛赞疼痛能够淡化或减轻悔恨、痛苦或其他精神上的不适。他信誓旦旦的陈词看起来似乎是有感而发的,令人不禁猜测他是否亲身经历过绝望情绪的折磨。他的另一首诗歌名为《起源》,诗中为仇恨的情绪辩护,尽管考虑到当时一战的大环境背景,这首诗中的某些寓意并不难理解,但下列诗句仍令人读来感到阵阵寒意:"民众并非被人煽动／国家并未

---

① 斯里兰卡的旧称。

拉迪亚德·吉卜林,1882年
伯恩与谢泼德摄影工作室摄

刻意指使／当英国人开始仇恨时／谁也没有大声说出自己心里的想法。"吉卜林有一次曾经承认，他自己很容易因为个人原因记恨他人，而且很难消气。不过幸运的是，他并不会将仇恨情绪付诸行动并谋划报复，顶多只会反思一下自己的厌恶情绪，并将不满藏在心里。这也符合他平时的性格。

实际上，不管是在作家同行中还是在普通的日常关系中，吉卜林的朋友非常少。他最好的朋友也许应该算是沃尔科特·巴莱斯特①，一个美国作家。不过巴莱斯特英年早逝，无从验证王尔德的名言："友谊比爱情更悲剧，因为持续的时间更长久。"巴莱斯特生前曾与吉卜林合著了一本书《诺拉卡》，不仅如此，藉由这个因缘，吉卜林还因此和他的妹妹卡洛琳（或称卡莉）坠入爱河，并娶她当了吉卜林太太。然而在举办婚礼时，备受大家喜爱的沃尔科特已经去世了，因此婚礼办得比较低调，也没有多少欢庆气氛，至少在一开始时看起来是这样的（他们日后究竟过得如何，就只有吉卜林自己心里知道）。亨利·詹姆斯是吉卜林为数不多的另外几个朋友之一，他比吉卜林大二十二岁，在婚礼当天，他负责给新娘引路，把她带到新郎面前。但他在日后回忆

---

① 沃尔科特·巴莱斯特（1861—1891），美国著名作家、编辑。

这段经历时,仿佛显得很不情愿:"她是可怜的沃尔科特·巴莱斯特的妹妹,但她性格强硬,信仰虔诚,为人索然无趣。我一点也不理解吉卜林为什么要娶这么个小东西。婚礼的规模惊人的小,只有四个人出席,新娘的母亲和妹妹都因为流感而卧床不起。尽管我将她送到了祭坛前,但我完全看不到这场结合的未来。"而吉卜林的父亲对这场婚姻的评价则更加忧心忡忡、充满敌意。"卡莉·巴莱斯特是个好人,但她完全被宠坏了。"他说。亨利·詹姆斯算不上是仁慈宽厚的人,他最初曾经称吉卜林为"天才"(这种称谓与一般的"文笔精湛的知识分子"不是一个层级),但后来他就对吉卜林失望了,在公开场合和在自己的写作中都曾对他诸多批评。尽管如此,亨利·詹姆斯与吉卜林和他的"性格强硬的小东西"依然维持着某种友谊,尽管双方交往的过程中不乏讽刺甚至某种残忍的不对等。亨利·詹姆斯嘲笑吉卜林对现代交通工具的老掉牙热情(当时汽车还是半手动发动的);而且,他十分懒于费神跟他们夫妇俩打交道。1908年7月的某一天,詹姆斯答应去吉卜林家吃午饭,但随即就后悔了。当时天正在下雨,詹姆斯因此就不想出门;但他没想到的是,东道主吉卜林竟然派了辆车上门来接。可是这种行为反而令詹姆斯更加不满,因此尽管搭轿车可以使他免于被雨淋湿,他还是气冲冲地不告而别。

吉卜林与第三位作家、《所罗门王的宝藏》一书的作者莱特·哈葛德的关系看起来更加友善，更少强迫的成分。这也许是因为出于巧合，他们俩的名字的来源出处都相当奇怪。吉卜林的名字"拉迪亚德"出自他父母相识的湖，而他的姓听起来很有斯堪的纳维亚风情，令人不可避免地会联想起维京人；而哈葛德（名字是"亨利"）这个姓在字面意义上的解释是"憔悴的骑士"，甚至可以翻译成"病恹恹的骑士"。吉卜林家一直热切地迎接哈葛德登门访问，尤其是吉卜林的孩子们，他们"像一群警犬似的"围在哈葛德身边，等着听他讲述"更多南非故事"（吉卜林本人最喜欢给孩子们讲故事，尽管如此，他的孩子们依然想要听"憔悴骑士叔叔"讲更多故事，不得不说，这些孩子相当贪得无厌）。两位作家"意外发现"（这是吉卜林的原话）当他们俩一起工作时状态更好，从此以后，他们去拜访对方时腋下总是夹着一摞稿纸，甚至会共同讨论一个故事的大纲。想想这么多残酷而充满异域风情的冒险故事都是在同一个房间里写出来的，不禁令人觉得可怕。

这些故事中的一个，《要做国王的人》，同时被福克纳与普鲁斯特誉为自己最喜爱的故事，这一成就足以令作者骄傲，即便不能凭此在文学史上留名，至少得到了读者和作家的高度评价。其实早在此书之前，吉卜林的作品就已在印度当地广泛流传，并逐步在英语国家甚至非英语国家深入人心。吉卜林很快变成了家喻户晓的名人，1898年，吉卜林来到纽约后不久身患肺炎病倒，群众十分担心他是否会有生命危险，于是齐聚到医院门口等着听医生的报告，仿佛来的是一个国家英雄。吉卜林后来从肺炎中恢复了，但他的大女儿约瑟芬没能挺过来，去世时年仅六岁。当时等待的人们听到这个消息，几乎和她悲痛欲绝的父亲一样难过。多年后，吉卜林的儿子约翰年满十八岁加入军队，后来在前线阵亡。两年来，吉卜林夫妇一直被告知约翰在卢斯战役中受伤后失踪（但吉卜林当时就认为儿子已经死了）。之后，关于那场勇敢的战斗的细节才被公布，约翰被官方认定为死亡。但从来没有人找到过他的尸体。

拉迪亚德·吉卜林是一个开不起玩笑的人：他讨厌别人介入他的私生活，不喜欢拍照（但他还是留下了一些照片），拒绝评价同时代作家的作品（这也就意味着我们不知道他的文学品位如何，不知道他喜欢哪些文学作品，不喜欢哪些），而且从来不爱讨论任何自己不感兴趣的事物。他曾经评价作家弗兰克·哈里斯[①]，"我发

[①] 弗兰克·哈里斯（1856—1931），爱尔兰裔美国作家、记者、编辑、出版家。

现这是唯一一个我无论如何也没法与之和谐相处的人"。因此，弗兰克对吉卜林的评价也许并不完全值得信赖，但据他回忆，他曾经有一次与吉卜林就某个他觉得"不现实"的情节发生过争论。在吉卜林的那部小说中，两个人在悬崖峭壁上突然看见一个印度人带着两头牛和一捆木柴出现，其中一人受到惊吓失足掉下悬崖，故事就此结束。按照哈里斯的理论，"用一场突然的事故来结束一场辩论是对智慧的侮辱"。"为什么？"吉卜林反问他，"生活中就是有可能会发生这样的意外。"而哈里斯坚持认为，小说中描写的这种情况是不现实的，而"在艺术中，不现实甚至比不可能更加糟糕"。吉卜林的回答非常简单，但足以无可辩驳地结束这场争论，"我真的看到过小说中写的这个印度人。"他说。

是吉卜林而非美国作家哈里斯看到这个印度人说来也很正常，毕竟据吉卜林自己承认，他童年最快乐的日子都是在印度孟买度过的，当时他身边有一群当地的用人对他唯命是从，生活生机勃勃、精彩纷呈，在他回到英国后，他还常常怀念起当时的幸福时光。吉卜林六岁时，他被送去朴茨茅斯附近的南海城接受英国教育，在他死后出版的回忆录《谈谈我自己》中他曾经写道，他和他妹妹特里克斯在那个"荒凉之地"一起生活了好几年，远离他们还留在印度的父母。在这个远离故乡的国家,年轻的拉迪亚德体验到了狄更斯所描写过的苦难童年。管理寄宿学校的女校长和她的儿子一直肆意虐待其他学生,甚至有一次,当吉卜林的母亲来看他时,她半夜想到儿子的房间去看看,而当时小拉迪(他的家人对他的昵称)的第一反应竟然是用胳膊护住自己的脸。可以想象,在平时,孩子们可能每天都是被打醒的。

很难理解,吉卜林的父母为何愿意把孩子送到这样一个有害的环境里去受教育,但要记住(虽然这不是在为他们开脱),吉卜林有一次在故事中写过一个六岁的小男孩,并说他非常像当年的自己:"他以为世界上不存在不会满足自己要求的人类";而据吉卜林的一个阿姨说,童年时期的吉卜林非常粗暴无礼,生气时会没完没了地尖叫。万幸的是,他童年这种霸道的性格倾向在他长大成人后基本消失殆尽,尽管如之前所说,他是一个开不得玩笑的人。在他长期定居美国期间,有一次,他的另一个妻弟贝迪·巴莱斯特——一个更为粗暴讨厌且毫无疑问是个酒鬼的家伙——与他陷入争论,吵到激动处,贝迪威胁说要杀了他。吉卜林根本不考虑这个威胁到底有几分当真,直接就去警察局报了案,把自己的妻弟送进了监狱。

吉卜林看起来总是比实际年龄更显老,尽管与现代人相比可能并不公平,因为我们如今普遍能保持青春面貌更长时间。即便如此,吉卜林在十六岁时(他当时还在读书)拍的一张照片也太吓人了:戴着一顶鸭舌帽,金属框边的眼镜,薄薄的小胡子,看起来像一个四十五岁的小老头。他在成年后以及晚年时期拍的照片看起来更体面些,蓄着浓密的白色胡须,光秃秃的头顶,以及多年如一日的金属框边眼镜。

吉卜林在1907年获得诺贝尔文学奖时年仅四十一岁,他接受了这个奖项,尽管之前他拒绝过自己的国家给他颁发的桂冠诗人称号和功绩勋章,以及其他数个类似的荣誉头衔。但倒霉的是,当他前往斯德哥尔摩领奖时,正好碰上瑞典国王去世,瑞典举国哀悼,人人都穿着正装丧服。这无疑冲淡了领奖的喜庆感,令他深受震撼。

吉卜林绝非虚荣或自负的人。他难得去裁缝那儿做衣服,但他确实经常为参加晚宴更换服装,因为"不管怎么说,这是你该干的事儿,而对于应尽的义务,最明智的举动就是照干"。他的名作诗歌《如果》家喻户晓,这曾经给他惹来不少麻烦,比如说当他去看望他最喜爱的孩子们时,学校里的小孩经常会责备他写了这首诗,因为老师常常让孩子罚抄此诗。在他的一生中,他一直被批评是"帝国主义"作家,而他回应说自己只是一个"来自大英帝国"的作家。他的有些公众言论也确实不明智，比如他有一次说："希望战争结束后再也没有德国人。"他患有十二指肠溃疡，而在七十岁生日后不久，他因一次严重的脑溢血发作被送到米德尔赛克斯医院抢救，最终于 1936 年 1 月 18 日病逝。他的骨灰被埋在威斯敏斯特大教堂的"诗人之角"。吉卜林的一生受人尊敬，作品被广泛阅读，尽管也许并没有许多人爱他，但同样从来没有人说过他一句坏话。

反艺术的阿蒂尔·兰波

阿蒂尔·兰波生前没有留下多少肖像,仅有的几幅也仿若幽灵一般,都是他成年以后的形象——当时他已经彻底放弃文学,在索马里沿岸打各式各样的工,只为赚取一点点微薄的薪水。也许也因为这个原因,我们常常把青少年时代的他看成另一个人。兰波少年时期在巴黎短暂地住过几年,还在伦敦待过几个月,当时他年轻气盛,放浪形骸。他在某个时刻忽然放弃了诗歌艺术(具体年龄不得而知,在他二十岁左右的年纪),受到这种行为的影响,在他之后的天才作家们也开始以"到了某个年龄段就封笔"为风潮。当然大多数人封笔的年龄要比他晚得多,兰波比所有后世所谓"少年成名"的作家都要成功得更早。

兰波在成年后不明原因地彻底抛弃了文学艺术,因此他在文学史上常常被打造成一个玩世不恭的天才神童的形象。但封笔的举动并非兰波人生中的第一个重大转折。兰波似乎每隔几年就会对自己产生厌倦,并以他著

阿蒂尔·兰波
杰夫·罗斯曼绘

名的"我是另一个我"的诗意的说法来为自己开脱，这个理论日后在文学史上大行其道。基于这个借口，他从童年时那个好学的孩子、优秀的学生转变成一个难以相处、离经叛道的渎神者。他的传记作者们常常喟叹，当时巴黎文学界（不管是不是波希米亚风格派）是如何地不待见这位天才，但考虑到他的所作所为，其实很容易理解为何他的同事或伙伴对他就像躲避瘟疫一般避之唯恐不及，却在日后能够津津有味地欣赏他的诗作（而他的后人们就没有这个困扰，他们可以只欣赏作家的艺术作品而不用忍受他们的为人）。根据他的同代人的描述，兰波从来不更换衣服，身上发出一股难闻的恶臭，他睡过的床上都会爬满虱子；他总是喝得醉醺醺的（他的最爱是苦艾酒），对他人举止无礼，言行粗鲁。他曾经在一场葬礼上侮辱一个叫乐佩乐捷的人，说他是"看死人的庸医"，而对方的母亲当时刚去世，因此这种言行显得尤其恶劣。另一个名叫阿达勒的人曾试图和他建立友谊，并请他读读自己写的几首诗。而兰波随手翻了几页后，竟然在那本精心誊写、仔细押韵、整理得整整齐齐的诗集上吐了几口唾沫。还有一位诗人名叫梅拉，兰波还在自己的故乡夏尔维尔时曾经很崇拜他，但当梅拉发表了几首赞美女性身体之美的十四行诗之后，兰波和保尔·魏尔伦写了一首十四行诗作为回应，标题就露骨地叫做《屁眼的赞歌》。还有一次，当时文学界最有名的作家齐聚一堂出席一场文学社交晚会，兰波却决定当着这些名流的面，在自己朗读的每行诗的末尾大喊一句"狗屎！"。现场有位名叫卡加的著名摄影师最终忍无可忍，他一把揪住兰波，威胁说要揍他。这位天才少年尽管身材瘦小，却毫不畏惧；他拔出好友魏尔伦身上的剑，差点在这位坚持在他面前捍卫艺术的名流身上戳个窟窿。

当然，兰波表现得如此暴力的情况出现过不止一次，但在大多数情况下现场都有魏尔伦伴随左右，也因此可以说是这位大兰波十岁的诗人朋友或恋人将鲜血和暴力带进了他的生活中。两位作家的母亲都曾互相指责是"对方"令自己的儿子陷入这种醉生梦死、放荡不羁的生活中，但魏尔伦的家庭相比下肯定更觉得不是滋味，因为魏尔伦不但有一位母亲，还需要对自己的妻子、孩子和岳父母负责。魏尔伦与兰波最初是笔友，在魏尔伦结婚后，他曾邀请兰波来巴黎他的新居（准确地说是他岳父母的房子）拜访。魏尔伦曾盛赞兰波是当地的天才，因此大家并不认为来的会是个浪荡子，但也没想到兰波的实际形象会是那样的：一个年纪轻轻的乡巴佬，正值最不讨人喜欢的青春期的年纪，由于长期的风吹日晒，脸红通通的，身上穿着已经变小了的衣服，一头乱发看起来好像从来没梳理过,领带打得歪歪扭扭,像一根从衣领上挂下来的破旧的绳子。他两手空空就上了门,什么行李也没带:没有带牙刷,而且连一套换洗的衣服都没有。这个异类就这样闯入了因循守旧、一本正经的莫泰·德·弗勒维尔①家,感觉就像一个不祥之兆,而事态后来也果然变得越来越恶化了。

魏尔伦自始至终从未对自己的虚假婚姻负过什么责任,或给这个家庭带来过平静。他的家人事先没有发现他有几个不加节制的恶习,包括酗酒和同性恋倾向。但在最初,当妻子还年轻(他的妻子玛蒂尔德结婚时才十七岁),孩子即将出生的那会儿,他也曾试图安定下来。但兰波这个狂野的孩子闯入了他们的生活,并怂恿他"打乱所有感官",导致一切都乱了套。孩子出生后,魏尔伦只规规矩矩地过了三天:每晚回家吃饭,晚上和自己的妻子在一起。但到了第四天,他就又喝得醉醺醺的,在外放浪到深夜两点才回家。回家后他鞋都没脱就倒在床上,把脚搁在枕头上;这也就意味着刚做了母亲的玛蒂尔德晚上睡觉时,有好几个小时自己脸边就是丈夫靴子上的泥污。

兰波与魏尔伦交往时,俩人之间一直麻烦不断,玛

---

① 魏尔伦妻子玛蒂尔德的父亲。

蒂尔德很多时候都被夹在当中。魏尔伦同时需要他们俩人，而他们俩也都无法完全地离开他，尽管魏尔伦对妻子十分粗鲁，对兰波又十分神经质，这两种特性结合在一起更令人难以忍受。举个例子来说，魏尔伦喝醉后总想烧掉玛蒂尔德卧室旁边的衣橱，而那个衣橱里存放着他岳父母打猎时用的弹药。有一次，纵火的威胁来得更直接：魏尔伦拿着一支点燃的蜡烛在妻子头顶挥舞，还喊着"我要烧掉你的头发！"，还好蜡烛才烧了她几撮头发就熄灭了。他还曾经拿刀抵在妻子的喉咙口，还有一次则差点割开她的手和手腕。兰波则与他一样热衷伤害人，只不过在他俩的关系中魏尔伦变成了受害的一方：有一天晚上，在一个名叫"死老鼠咖啡馆"的地方，兰波对魏尔伦说："把手放在桌子上，我想做个实验。"魏尔伦十分信任地伸出手，结果被兰波拿出一把刀戳了好几下。于是魏尔伦愤怒地离开了咖啡馆，而兰波则追在他身后还想继续扎他。魏尔伦怎么伤害和侮辱玛蒂尔德，兰波就怎么侮辱和伤害他，但他们谁都离不开对方。最著名的暴力事件发生在布鲁塞尔，当时魏尔伦对兰波开了三枪。其中两枪打偏了，第三枪打中了兰波的手腕。当时事件本身没有造成进一步的伤害，但在几个小时后，当兰波前往火车站准备独自回巴黎时，魏尔伦莫名其妙地带上自己的母亲来追他，结果俩人又一次陷入争执，魏尔伦又掏出了枪（当时竟然没有一个人想到把枪从他身上拿走）。兰波生怕他这次会被打中，只好报警处理，作为结果，莫泰·德·弗勒维尔家的这位女婿被判罚两年苦役。尽管兰波事后曾想撤诉，但最终只是将罪名从"谋杀未遂"降到了"故意伤害"。而最讽刺的是，就在这件事情发生前的几天，兰波还曾在给魏尔伦的一封信里写道："只有跟我在一起，你才能获得自由。"

兰波天赋异禀，却浪费了自己大部分的才能，只学了一些不怎么有用的东西，比如他曾学习了包括德语、阿拉伯语、印度斯坦语和俄语在内的多种语言，还有后来更有用的土著语言，在他成人后流落他乡之时经常接触到。他还用很短的时间就学会了弹钢琴，而且其中头几个月都是在想象中练习的：当时由于兰波的母亲拒绝帮他租一架钢琴，他就自己用刀在餐桌上刻了一套键盘，每天花好几个小时用这套键盘进行无声的练习。这个传说听上去还是比较可信的，至少比另一个更加夸张的故事靠谱：据说（但有人怀疑这个传闻是他自己编出来的），兰波刚出生时，护士把他放在一个垫子上，离开一会儿去帮他拿几块尿布。当她回来后，她发现小婴儿已经不在原地了。小兰波正四肢着地向着门口爬去，准备寻找未知的流浪与冒险。

伊妮德·斯塔基①曾在她杰出的兰波传记中，详细描述了兰波放弃文学之后几近平淡无奇的普通人的生活：他曾经做过咖啡出口生意，当过包工头，在殖民地冒险、掘金，倒卖过武器，而且可能染指过奴隶交易。在他生活在阿比西尼亚②的那些年，他写过数不清的信件，从中我们可以感觉到，兰波当时第二或第三次对自己产生了厌倦。他的外貌改变了，身材变得更健壮，蓄起了胡子，只有他那双引人注意的蓝色眼睛，即使在他最邋遢、最不修边幅的时候，都始终维持着当年那个年轻诗人的诗意风情。他曾想快速致富，后来又收敛了一点自己的欲望，只想攒一点钱在阿比西尼亚太太平平地安定下来。他曾想结婚生子，但从未找到过固定的伴侣。他曾经在信中问自己的母亲："你觉得我明年春天可以回你的房子结婚吗？"他的这个愿望很强烈但并不具体，因为他在后面又接着问："你觉得我能找到一个可以带回家的女子吗？"再之前，在他年仅三十三岁时，他曾经给家里写信说道："我的头发都已经灰白了，我感觉生命已经走到了尽头……我感到极度疲劳。我没有工作，我担心连仅有的一点财产最终也会失去。"他

---

① 伊妮德·斯塔基（1897—1970），爱尔兰作家、文学评论家。曾出版过兰波的传记。
② 即如今的埃塞俄比亚。

的投资全都遭到了失败，生活穷困潦倒，十分节俭。他不断地像一个农民一样从零开始苦苦存钱，之后却把存款投入某个辛苦而又冒险的行业，结果不是在交易中上当受骗，就是轻信他人，导致投资一败涂地，只好从头开始存钱，再慢慢投入新的生意。他的生意从来没有成功过。

与此同时，兰波在巴黎的名声却在渐长。大家都以为他已经死了，他成了一个活着的传说。有一天，他的膝盖开始发炎，疾病逐渐发展成致命的癌症。他历经千辛万苦，从沙漠回到一家位于马赛的医院接受了截肢手术，从此必须拄着拐杖走路。他希望能接受矫形外科治疗，但疾病快速发展，很快他就几乎全身都动弹不得了。斯塔基在兰波的传记中生动地比喻道："就像一棵濒死的树，树枝已经全都干枯了。"他常常喝着罂粟茶，给他的邻居们讲述异国的故事。在他去世前一天，他曾经在迷迷糊糊的状态下口述了一封信给妹妹伊莎贝尔，让她寄给航运公司，信中写道："我已经完全瘫痪了，因此希望能够尽快乘船离开。请告诉我几点可以登船。"兰波于1891年11月10日去世，当时刚满三十七岁。他被埋葬在自己痛恨的故乡夏尔维尔，葬礼上无人致辞。在他病入膏肓之际，曾有人来跟他讨论诗歌和文学，当时兰波回了一个不满的手势："这些都有什么意义。诗歌就是一堆狗屎。"他的这个论调早已有之,并非病痛带来的产物。多年前,在《地狱一季》的手稿中,他就曾写道:"现在我可以说,艺术毫无意义。"也许这就是他停止写作的真实原因吧。

沉默的朱娜·巴恩斯

朱娜·巴恩斯的人生经历了十分漫长的岁月,但长寿并未助益她文学声誉的传播。她仅在年轻时当过一阵子记者,当时曾经很出名,这也是她一生中最投入的一份工作。在此之后就是长久的沉默,就此封笔,与世隔绝。她曾在巴黎工作,两次世界大战期间,这里曾是外国访客的天堂,包括乔伊斯、庞德、海明威、菲茨杰拉德在内的八万名波希米亚艺术家(以北美人居多)蜂拥而至。其中有些人回忆道,巴恩斯在各种聚会上总是沉默寡言,感觉十分怕生,时不时紧张地打量着周围。然而另一些艺术家则认为她总是聚会上最引人注目的那个,落落大方,行动潇洒。尤其是当她喝得半醉后,她十分擅长活跃气氛,模仿起各路名人来惟妙惟肖。人们对她独特的大笑印象深刻:她会突然爆发一阵猛烈、古怪而又短促的大笑,没过多久又戛然而止。

根据当时的照片来看,巴恩斯算不上漂亮,但气质优雅。她身材高大,常给人一种威压感,看起来散发着

朱娜·巴恩斯，1933年
卡尔·冯·范韦克腾摄

威严的气质。她和许多男男女女之间都有着丰富的情史，想要接近她却因为各种原因惨遭拒绝的男女数量更多，哪怕有些人只是纯粹想与她进行文学上的交流，也未必能够得偿所愿。文学评论家埃德蒙·威尔逊①当时声名已如日中天，巴恩斯一度很敬仰他。1921年，有一天威尔逊邀请巴恩斯共进晚餐，当时她二十九岁。上到甜点时，威尔逊提议俩人立即一起去意大利定居一阵子，作为这段浪漫文学关系的开端。朱娜·巴恩斯原本可能会认真考虑这个提议的，威尔逊却恰巧开始热情洋溢地称颂起伊迪斯·华顿的作品来，这可是大忌，因为巴恩斯并不喜欢华顿。自此以后，就算巴恩斯依然认可威尔逊作为文学评论家的地位，俩人要发展情人关系却是不可能了。

其他人的行为有时则更为极端，据说圣叙尔皮斯酒店的一个看门人曾经试图闯入她的房间侵犯她。还有一次，当巴恩斯与她的情人塞尔玛·伍德②在一家咖啡馆约会时，一个喝得醉醺醺的记者冲进来骚扰他们。有人设法把这个记者支开了，但朱娜·巴恩斯已经听到了骚动。她跟着这个记者来到街上，开始对他破口大骂。作

---

① 埃德蒙·威尔逊（1895—1972），美国著名评论家、作家，曾任美国《名利场》和《新共和》杂志编辑，《纽约客》评论主笔。
② 塞尔玛·伍德（1901—1970），美国艺术家、雕塑家。

为回敬，对方对着她的下巴打了一拳，把她一下子掀翻在地。但巴恩斯一点也没被他吓住，她继续凶狠地攻击对方，直到那个醉汉最终退缩，被她骂走为止。几个月后，社会小报曾用恶毒的语言描述她如何在一场争执中对抗"最强悍的服务员"，捍卫她的同伴。

巴恩斯在后来更成熟的岁月里依然摆脱不了各种骚扰，不过这个阶段跑来死缠烂打的更多是女人。两位如今已经鼎鼎有名的女作家——阿内丝·尼恩和卡森·麦卡勒斯——作为她的后辈，当时曾分别对她进行过远程或近距离的骚扰。尼恩试图与巴恩斯建立文学上的往来，并对她进行远程骚扰。她甚至把巴恩斯写进了自己笔下的角色中，而且就给这个角色起名叫"朱娜"。这件事令真正的"朱娜"十分恼火。麦卡勒斯则在有一段时间直接跑到巴恩斯的家门口去拦截她。据说，当时尚且籍籍无名的麦卡勒斯曾经在巴恩斯的门口连续数小时地呻吟、抽泣，请求她开门放自己进去。但巴恩斯对此无动于衷，坚持闭门独处。

尽管尼恩曾经笨拙地努力颂扬巴恩斯（她说巴恩斯"看得太多，知道得太多，令人无法忍受"），巴恩斯却觉得她是个愚蠢的小女孩、一个文笔"黏黏糊糊"的作家。至于麦卡勒斯，巴恩斯估计当时还没有读过她的作品，始终以铜墙铁壁般的沉默回应她的纠缠。某一天下午，巴恩斯对这位"孤独的猎手"①狂按门铃终于感到不耐烦了，于是她回应道："不管是谁在按门铃，请赶紧滚到地狱去吧！"这句回应立时起效了，说不定还成了一个未来的诅咒，因为就在她这样说完之后没几年，麦卡勒斯就英年早逝，去世时年仅五十岁。

朱娜·巴恩斯在童年和青少年时期的经历都十分古怪、令人迷惑，也可能是由于太过古怪，让人感到难以置信。她从小就习惯于面对各种骚扰和不正常的情况，尤其是据大家所知（此事至少具有一半的可信度），在巴恩斯年仅十七八岁的时候，她的父亲和祖母就把她"献给"了她父亲的女友的兄弟，一个名叫珀西·福克纳的五十二岁的男子（就像《圣经》中有时提到的家长献祭出自己子女的故事一样）。福克纳带着她一起到桥港去住了一阵子。不知道是不是因为与自己的丈夫姓氏相同的原因，巴恩斯对作家威廉·福克纳也连带着没有什么好感，她觉得对方太过矫揉造作。不过事实上，小说家福克纳也不是很喜欢她（至少在公开场合他是这么表示的），在他的两部作品中他都批评过巴恩斯的写作。然而许多评论家都曾经指出，福克纳的散文与巴恩斯的

---

① 典故出自麦卡勒斯的作品《心是孤独的猎手》。

作品拥有大量风格上的相似之处。

同时代的其他作家则公开赞美巴恩斯，例如T.S.艾略特，后者在她住在英国时曾经担任她的保护人，还给她的作品《夜林》写过一段介绍。同样欣赏她的还有狄兰·托马斯[1]、乔伊斯（他过去从来没有夸过任何人）和劳伦斯·德雷尔[2]。然而，德雷尔虽然是巴恩斯的狂热崇拜者（他甚至说过："能够与朱娜·巴恩斯生在同一个时代是一种荣幸。"），巴恩斯却依然毫不留情地指责他"剽窃"了自己的作品，说德雷尔的某部作品中的某个场景与她描写过的情景非常类似。这两个场景的描写可能确实相似，但这更多的是德雷尔在向巴恩斯表示致敬而非剽窃。此事发生在六十年代，当时巴恩斯已经年过七十，她觉得全世界的人都在试图算计她。在五十年代，马尔科姆·劳瑞曾去巴恩斯家登门拜访，并在一封信中描述了这次会面。劳瑞自己的生活也过得一团糟，但在他看来巴恩斯的生活过得更加失意：巴恩斯在家里的墙上画了一些半男半女的恶魔画像；劳瑞去作客时，她给了他六瓶酒，俩人一瓶接一瓶地喝酒时，巴恩斯对《火山下》的成功先表示不屑一顾，随后向劳瑞承认，她害怕自己的作品《夜林》，因为在十六年前她发表完

---

[1] 狄兰·托马斯（1914—1953），英国作家、诗人。
[2] 劳伦斯·德雷尔（1912—1990），英国小说家、诗人、剧作家。

这部作品后，她就再也写不出其他东西了。劳瑞对《夜林》怀有复杂的情感，他认为这是一部技术上十分出色的佳作，但某种程度上又给他一种可怕的感觉。但他承认，"他，或她，或它"是一个值得尊敬的人物，虽然有种悲剧性的可怕，但"依然维持着正直与荣誉感"。显然，劳瑞离开巴恩斯家时有点晕乎乎的，但这也可能是因为他喝多了酒的关系。

朱娜·巴恩斯认为自己的名字是独一无二的，所以当阿内丝·尼恩在自己的作品中用了这个名字之后，她才感到如此生气。事实上，她家大部分成员的名字看起来都像是经过精心挑选的，一般不会有其他人和他们重名。以巴恩斯的兄弟姐妹或父辈们的名字为例，大部分名字都起得相当奇怪，别人甚至都不能从中看出他们的性别：比如乌尔兰、尼亚尔、尤纳德、雷恩、辛达、扎德尔、盖博特、库尔莫、齐尔梅尼、瑟恩、赞顿、萨逊、夏加尔、瓦尔德和雷维林。最后一个名字至少在威尔士地区还算正常。因此我们可以理解，为何巴恩斯家族的有些成员在长大成人后，会给自己改一个相对普通的名字，比如巴德或者查理什么的。也许他们的家人给孩子取这些名字有某种神秘的意义，毕竟巴恩斯家族历来有着古怪的热衷神秘学说的传统。朱娜的祖父母辈中甚至有人给魔术师当过助手。虽然跟随的老师不多，但他们为著名的魔术大师胡迪尼①工作过,这位魔术师以逃脱秀而著称,擅长以奇迹般的手法从沉重的锁链中挣脱,或从铜墙铁壁般的监狱里逃走。

朱娜·巴恩斯只结过一次婚,没有孩子。她曾嫁给一个名叫柯特奈·莱蒙的人,俩人之间的婚姻维持了三年,最终不欢而散。她的丈夫是一个安静的男子,有点过度肥胖的倾向。他喜欢喝杜松子酒,支持社会主义,常常写些无聊的小册子,里面充斥着各种陈词滥调。他想创造一套"评论的哲学",但这个壮举从来没完成过。朱娜·巴恩斯的男情人比女情人多得多,但如果其中有真爱的话(这点很值得怀疑),雕塑家塞尔玛·伍德无疑算是一个。她俩曾经一起在巴黎生活过几年,俩人在林荫大道散步时十分引人瞩目:两个优雅、坚定、高傲的外国女人。塞尔玛·伍德有一双大脚,每个人第一次见到她的时候都会不由自主地被那双大脚吸引,尤其是如果要跟她一起跳舞的话,就必须时刻小心才能避免踩到她的脚。伍德甚至比巴恩斯更为尖刻,也更为自负。有一次,加拿大作家约翰·格拉斯科②在与她(和她的大脚)共舞时,厚颜无耻地公开盛赞她的身体,并直接

---

① 哈利·胡迪尼(1874—1926),著名魔术师、逃脱大师、特技表演者。
② 约翰·格拉斯科(1909—1981),加拿大诗人、小说家。

问她要不要和自己上床。之后他加了一句:"很抱歉,我希望这不会吓到你。"伍德则回答:"吓到?没有人能吓到塞尔玛·伍德。"伍德好像是一个怪人,她竟然用第三人称来称呼自己。

塞尔玛·伍德饮酒无度,花钱大手大脚,更糟的是,她常常问朱娜要了钱之后,还没开始挥霍就先把钱弄丢了。朱娜·巴恩斯不得不多次在夜里出门上街去找她,心里又担心又妒忌,直到她找到已经身无分文的伍德,再精疲力竭地带她回家。

在朱娜的男性情侣中,最值得一提的也许是她跟"普茨"·汉夫斯坦格尔之间的关系。汉夫斯坦格尔是个德国人,曾在哈佛大学学习,二十年后他成了阿道夫·希特勒政府中的职业弄臣。尽管朱娜讨厌希特勒(不是讨厌汉夫斯坦格尔),俩人还是在一定程度上保持着联系,也因此,朱娜是最早知道"伟大的元首"具有先天性腹部隐疾的几个人之一。俩人(朱娜和"普茨",不是和希特勒)有一张合影,摄于1928年:在照片中,"普茨"戴着领结,鼻子显得很大,斗鸡眼得很厉害;事实上,他看起来简直像个杀人犯。

但是,朱娜·巴恩斯度过了足足九十年的漫长人生,在她人生的许多阶段中并无爱人相伴,而是独自在沉默中度过。纽约的公寓是她的堡垒,她把自己关在里面，拒人于千里之外。亿万富翁佩姬·古根海姆[①]曾经资助了她五年，给她寄发票并与她通信往来。有时编辑们也会打电话给她，申请重版她的作品，但对话常以争执告终（她也与亨利·米勒发生过冲突，她认为后者的作品就是一堆垃圾）。有时，她会连续工作三四天，每天工作八个小时，来创作两三首诗，在一天接下来的时间内，任何声音都能破坏她的专注，之后她就会陷入绝望。根据某部传记所描述，她独自在自己的"帕琴官"公寓度过了一万五千多天，也就是说，足足有四十多年。众所周知，在大部分的日子里，她常常日复一日、年复一年地在一片死寂中度过，完全不和任何人说话。她的家里只能听到打字机啪啪作响，敲出一些无人有幸一睹真容的诗句。早在她开始这四十年的隐居之前，在1931年，她就曾经写道："我希望我的人生是沉默而节制的。沉默使人生的体验变得更为深刻，这样当人死去时，才能够带着尊严离去，他所经历过的一切不会消失。"

朱娜·巴恩斯晚年很少出现在世人面前。她害怕周边街区的青少年们。她还害怕看见别人的胡子，有人要来登门拜访前，她甚至会事先打电话要求访客先刮掉胡

[①] 佩姬·古根海姆（1898—1979），美国艺术收藏家，波希米亚社会名流。

子再来（她会对对方的外表进行仔细检查）。她把逐渐老去视为一种练习，但她也曾经一度想过要消灭老年人。"应该有个相关的法律。"她曾说。1982年6月18日的晚上，过完九十岁生日后六天，朱娜·巴恩斯在自己的公寓中去世。在她去世的前几天来她家登门拜访的客人都与她聊了很久，离开后都觉得头痛。"有人告诉我，跟我谈话后人们都觉得头痛不已。"她说。受到波及的访客们纷纷表示："与您谈话太难了！"而她则回答说："是的，我知道。"

奥斯卡·王尔德出狱后

所有认识王尔德的人都说，当王尔德与人打招呼时，他伸出的手就像枕头一样松松软软，甚至像一块用旧了的橡皮泥一样松软油腻，导致人们在与他握手后，常常感觉手上仿佛沾了什么脏东西似的。人们还说他的皮肤也看上去"黯淡发黄"，而且他还有一个恶习，就是在开口说话时总要反复拉扯自己宽阔的双下巴上的赘肉。不管大家对他是否存在偏见，许多人对王尔德的第一印象都相当恶劣。但人们也都承认，一旦开始听他说话，这种不愉快的感觉就会瞬间被忘在脑后，取而代之的是一种截然不同的印象：他会唤起听众对他的慈爱之情、崇拜之心，以及一种无条件的怜惜与同情。就连最终导致王尔德遭遇牢狱之灾并就此封笔的罪魁祸首昆斯伯里侯爵[①]都曾拜倒在他的个人魅力之下。有一次，王尔德与阿尔弗莱德·道格拉斯在皇家咖啡馆吃午餐时，

[①] 昆斯伯里侯爵是王尔德的同性情人阿尔弗莱德·道格拉斯的父亲，因儿子与王尔德交往而控告王尔德，最终导致他入狱。

奥斯卡·王尔德，1897年
威廉·安德鲁·克拉克纪念图书馆藏品

昆斯伯里侯爵找上门来。他原本是想将自己的儿子从王尔德身边拖走,以摆脱他的"不良影响",但根据道格拉斯(他的朋友们昵称他为"波西")本人事后描述,尽管昆斯伯里侯爵来的时候气势汹汹,对王尔德满怀蔑视和仇恨,但仅仅在十分钟以后,俩人就"心平气和地共进午餐"了。第二天,他还给自己的儿子"波西"去了封信,表示愿意收回自己过去说过或者写过的对他朋友的不当言论:"我现在理解你为何如此喜欢他了,他真是个出色的人。"

然而,事实上这种良好的第二印象并没有持续多久。在王尔德与昆斯伯里侯爵对簿公堂,最终导致王尔德身败名裂、身陷囹圄的那次官司发生以前,俩人至少还见过一次面,而那一次的氛围要险恶得多。昆斯伯里侯爵因给拳击这项"绅士们的运动"制定规则而史上留名,同时也正是因为他的缘故,英国观众错失了好几部喜闻乐见的戏剧杰作[1]。俩人在法庭互相起诉以前,有一天,昆斯伯里侯爵带着一个职业拳击冠军打上门去(昆斯伯里侯爵自己也是一名轻量级的拳击好手,同时还是精力充沛的骑士、脾气暴躁的猎人,在他那个年代很出名)。面对这对粗暴的打手组合,王尔德家里只有他自

---

[1] 王尔德的部分戏剧后来遭到英国当局禁演。

己和一个十七岁的小男仆，后者看起来还只是个孩子。但双方终究没有真正动手。当"咆哮猩红侯爵"（这是王尔德给昆斯伯里侯爵起的绰号）正在嚷嚷着他要来挽救自己"失足堕落"的儿子时，王尔德按铃叫来自己的小男仆，并对他说："这是昆斯伯里侯爵，伦敦最恶名昭著的暴徒。你以后永远不许再放他进我家的门。"之后他打开门，勒令两位不速之客出去。侯爵答应了，而他带来的那位拳击手看来也是一个正直之人，他完全没有介入两位绅士之间的这场争吵。

奥斯卡·王尔德尽管外表看来柔弱，实际上却很强悍。据说在他小时候，他的母亲王尔德夫人——一位爱尔兰社会活动家和诗人——原本想要个女儿，对自己的第二个孩子又是男孩感到很失望，因此她多年来总喜欢把儿子打扮成女孩，这是王尔德女子气表现的根源。也有人说他实际上孔武有力，据说当他还在牛津大学读书时，有一次，四个莫德林学院的学生在一个聚会上喝多了，闯进他的宿舍撒泼。据这些人相对胆小、没参与闹事的同伴事后回忆，当时他们站在楼梯下方，看着自己的朋友冲进王尔德的房间，想要砸烂那个"被宠坏了的爱尔兰男孩"带来的奇装异服和中国瓷器，结果却目瞪口呆地看到四个壮汉一个接一个地被王尔德扔下楼梯。

显然，许多人关于王尔德的描述都不是真实的，因此导致他的相关轶事中充满了自相矛盾之处。福特·马多克斯·福特讲过一件事，听起来有悖王尔德的英勇声名，但这件事也许倒是情有可原。王尔德出狱后在巴黎度过了他生命中的最后几年，在蒙马特高地，他常常成为当地学生们戏弄的对象。有一个叫皮皮·拉杜斯的小流氓经常伙同自己的同伴去招惹他。王尔德有一根精致的乌木手杖，上面镶嵌着象牙，把手雕刻成象头的形状。这帮恶徒常对他说，自己很中意这根手杖，并威胁王尔德如果不交出手杖，他们就会在他回家的路上把他杀掉。根据福特的描述，王尔德听了这话痛哭流涕，胖脸上挂满了大大的泪珠；他立刻就交出了这根手杖。这帮人第二天就会把手杖还回他的旅馆，几天之后再去抢一遍，如此循环往复。

上述这些传闻有可能都是真的，毕竟，王尔德在经历了牢狱之灾之后确实性格大变。也许监狱教会了他什么是恐惧，不管怎么说，在他出狱后，他过早地显出一副老相。他仅靠他最忠诚的朋友们给他提供的经济接济过活，再不愿提笔写作。他变得牢骚满腹，暴躁易怒，索然无趣。在这段时期，他曾使用"塞巴斯蒂安·莫尔莫兹"作为化名，出版了他在出狱后的唯一一部作品《瑞丁监狱之歌》。他的听力日渐下降，皮肤粗糙发红，走路时总是倚靠他那根屡屡被抢的手杖，仿佛脚很痛似的。他终于放弃了年轻时对奇装异服的迷恋，服饰不再像过去那样光鲜。在他去世前三年，他在罗马的圣保罗大教堂门口拍了张照，在照片中，他整个人的形象显得颓唐不振，还滑稽地戴了一顶过小的帽子，反而衬得他的头特别大：在他年轻的时候，这颗大头上可是会有精心修饰的鬓角，覆着以羽毛装饰的宽大帽子的。

唯一没有丧失的是他卓越的谈话技巧，据说他仍会定期参加聚会和晚宴，追述自己过去在伦敦作为剧作家的辉煌荣光。他不但有说不完的奇闻异事，还能造出不可思议的字谜，并即兴发表各种格言警句，一次比一次精彩。看来王尔德讲故事的能力，甚至可能在他的写作能力之上。在任何社交场合，他总能侃侃而谈，成为万众瞩目的焦点；但当他与朋友私下相处时，他却又能满怀热忱，无比专注地倾听对方讲话，并在需要的场合真诚地表达同情。不过他的连珠妙语常常被人指控为抄袭，这也是事实。佩特[①]、惠斯勒[②]和萧伯纳都曾表示，王尔德发表的言论是他们之前已经说过的（尤其是他对画家惠斯勒的抄袭，王尔德曾经很崇拜他，俩人后来却反目成仇）。但事实就是，不管这些格言警句

[①] 瓦尔特·佩特（1839—1894），英国作家、批评家。
[②] 詹姆斯·惠斯勒（1834—1903），美国画家。

最早是谁说的,只有在王尔德说过之后,才能被发扬光大。

事实已经证明,王尔德是一名双性恋者,尽管由于那场官司丑闻的影响,他被视为同性恋的先锋与殉道者。但事实上,他不仅与康斯坦斯·劳埃德成婚并育有二子,而且还曾多次提到过自己年轻时曾被一名妓女传染了梅毒的事。他还提到过,自己在年轻时曾经花费两年时间苦苦追求一位年轻的爱尔兰女子,但最终对方嫁给了布莱姆·斯托克①,令他十分伤心失望(我们从这件事中可以看出,那位年轻的爱尔兰小姐想必热衷情感强烈的对象,因此她在《道林·格雷的画像》与《德拉库拉》两书未来的作者之间犹豫不决,但看来最终,永生不死的吸血鬼比起用画像短时间保持青春的恶魔交易更吸引她。)因此当同性恋的丑闻爆发、相关控诉被公开后,王尔德的众多好友都表示难以置信。他们从未怀疑过王尔德会有这一类的倾向,尽管他们确实知道他自打学生时代以来就热衷希腊风俗,他去希腊旅游了一次之后更是变本加厉②。在他旅行时拍的一张照片里,他身穿古希腊式的长袍。他对这种异教文化如此迷恋,差

---

① 布莱姆·斯托克(1847—1912),爱尔兰作家,吸血鬼传奇小说《德拉库拉》的作者。
② 在古希腊时代,同性恋现象普遍存在,甚至还受到推崇。

点影响了他一直在考虑的改信天主教①的决策。他曾在自己在牛津大学的宿舍中挂了教宗和曼宁主教的画像,但当他真的有机会拜见教宗时(他富有而虔诚的天主教信徒朋友亨特·布莱尔有一次在罗马帮他安排了一个拜见机会),他却全程闷闷不乐、默不作声,并认定整场拜见过程都糟糕透顶。拜见结束后,他就把自己关进旅馆,埋头写他的寓言十四行诗。更糟糕的情景还发生在后面:当他们路过一片新教墓地时,王尔德停下来拜倒在济慈的墓前,那姿态比他拜见庇护九世本尊时要虔敬得多。

对于康斯坦斯·劳埃德·王尔德,我们所知甚少,只知道她对自己的丈夫既有责备,也有过柔情蜜意。而对于阿尔弗莱德·道格拉斯,即"波西",我们知道的可就多得多了,因为在"波西"漫长的一生中(阿尔弗莱德·道格拉斯死于1945年,享年七十五岁),他曾写过数本书,其中一半是诗歌,一半是散文,后者更多的像他的自传以及用来自证清白的证言。"波西"在年轻时留着长长的鬈发,却没什么脑子;后来,他的头发短了,智慧却没有见长。他后来改宗天主教,成了个清教徒,而他关于过去曾发生的事情的描述怎么看都至少可

---

① 王尔德出身于新教徒家庭,后来在情人罗伯特·罗比·罗斯的影响下改信天主教。

以说是令人困惑的。在这场丑闻中，他只是一个立场被动的配角，但在丑闻爆发后他独自经历了过于漫长的岁月，这可以说是他的宿命。在他漫长的余生中，他从未为自己为何会被卷入那场丑闻的核心做过任何解释。王尔德去世后两年，他娶了一名女诗人为妻，在世人看来，这是一场奇怪的婚姻，目的只是为了自证"清白"。他与罗伯特·罗斯关系恶劣，后者帮助王尔德在狱中写了那些给"波西"的长信并加以保存，日后以《自深深处》①之名出版。事实上，追本溯源，罗伯特·罗斯才是引起这整场悲剧的始作俑者，正是他在王尔德年轻时给他灌输了"希腊风俗"的理念，并从此诱发了王尔德对于同性情人的性向。

王尔德向来妙语连珠，但他的许多名言过于露骨，不适合公开表述。事实上，时至今日，许多人还会把一些他从没说过的话冠以他的名义流传。但下面这句关于"作家忙碌的一天"的形容确实是他说的。"今天早上，我去掉了一个逗号，"他说，"到了下午，我又把这个逗号加了回去。"

在监狱做了两年苦役之后，王尔德确实不怎么写作了。虽然很明显，如果他愿意再写一部新的戏剧或者

---

① 又名《深渊书简》。

小说，想必能够大赚一票，晚年也不至于如此穷困潦倒；但出狱后的他已经再也没有精力、也没有意愿再次写作了。他曾说过，他了解了苦难，却苦于无法描绘它；他理解它却痛恨它。而且在饱经沧桑之后，他也无法再像过去那样，满怀热忱地歌颂欢乐与愉悦。他曾说过，"我所经历的一切都意义重大，而且无法磨灭"。在他出狱后的那些年，安德烈·纪德曾描绘他就像"中了毒似的"。他酗酒无度，导致脸上和身上的皮肤发红过敏，为此他总是抓挠不止，并不断为此道歉。他曾给一个朋友写信说："我现在看起来和一只猴子前所未有的相像——但我希望你能招待我一顿午饭而非一颗坚果。"

在王尔德身败名裂前六年，他曾写过："生活中的一切都标了太高的价码；我们为了知晓它最小的秘密也必须付出高昂代价。"他自己支付这个"代价"到1900年11月30日。在经历了两个星期的病痛折磨后，王尔德死于巴黎，享年四十六岁。死因是耳部的感染（后来扩散至全身），可能是梅毒诱发的。据说在他去世前不久，他曾要了一杯香槟，并在干杯时说："我可以算是死得其所了。"王尔德死后葬于巴黎的拉雪兹神父公墓，他的墓碑上刻着狮身人面像。就像所有的殉道者一样，他的墓前永远摆满了仰慕者献上的花束。

三岛由纪夫之死

由于三岛由纪夫的死亡过于戏剧化,人们往往会不由自主地忽略他在一生中所做过的不计其数的其他荒唐事。毫无疑问,一直以来三岛由纪夫最关心的就是"如何成为万众瞩目的焦点",并为此始终孜孜不倦地追求各种出风头的机会。按照他的设想,凄烈的死亡——在肉体达到完美状态时英年早逝——就是美的最高体现。不过这种理念事实上并非他个人独创,尤其是在三岛由纪夫的祖国日本,切腹一直被视为一种值得尊崇的优良传统:切腹人要切开自己的肚子,掏出内脏;之后由一位切腹人的好友或下属负责用利刃一刀砍下他的头。就在离我们还不那么遥远的现当代,在第二次世界大战结束后,就有五百多名日本军官自杀(而平民自杀的也不在少数),以表示对战败"负责"并"彰显他们对天皇的歉疚"。这其中就包括了三岛由纪夫的好友莲田善明[1]。在自杀前,莲田善明先杀死了自己的临时长官,因

---

[1] 莲田善明(1904—1945),日本文学家、评论家。

三岛由纪夫

为对方说了天皇的坏话；之后他"向我们伟大的祖国文化致敬，相信它会让这些英年早逝的烈士死得其所"，随后一枪崩了自己的脑袋。然而事实上，正如三岛由纪夫所指出的，在他死后二十五年，日本军队依然一蹶不振，无力反击，也难怪三岛会为此那么愤怒。

三岛从年轻时起就对死亡有一种迷恋的情结，对于具体的死法却是有讲究的，因此我们可以理解他为何会如此害怕被人毒杀，因为这种死法很难称得上"美"。但在1945年，在他二十岁时，他曾被部队征兵，当时正值流感肆虐，三岛也正好因此得了感冒，于是他借此机会对做体检的军医撒谎，列举了一堆胡编乱造的虚假症状，结果军医被他误导，将他的疾病误诊为早期肺结核，三岛由纪夫因此逃过了兵役。这件事就比较令人难以理解了。三岛由纪夫并非不知道，此事完全有悖于他追求理想之死的理论；事实上正好相反，在他的著名自传体小说《假面的告白》中，他还就此事进行了漫长而徒劳的自我拷问。但三岛是一个狡猾的人，最终他给自己找到了一个美学上的借口，来解释自己为何会去逃避这个他曾如此趋之若鹜的机会（他自己曾说过，"我希望不受打扰地在一片没有云朵的天空下，在一群陌生人中间死去……"）。他总结道："我更希望将自己想成一个孤独的人，甚至遭到死亡的抛弃……我沉醉于想象一个人但求一死，历经磨难却求死不能。这种想法带给我至上的愉悦。"不管真相到底如何，事实上，三岛由纪夫在他真正自杀的那天以前，其实并没受过什么苦难和折磨。他对死亡所带来的真正痛苦一无所知，也许正因此他才能在自杀时保持坚定的勇气与决心。在此之前，他对于被毒杀的恐惧却到了一种疑神疑鬼的地步，他去饭店时永远只敢点难以投毒的菜式，并在每次饭后都要用苏打水疯狂地清洁牙齿。

然而生活中的现实并不妨碍三岛由纪夫尽情放飞想象，不仅限于他自己的色情（通常也是狂野暴力的）想象，也体现在他的许多小说人物中。在他的想象中，这些人都拥有完美的身姿："我在想象中杀死了众多希腊士兵、阿拉伯的白人奴隶、原住民部落的酋长、旅馆的电梯操作员、服务员、年轻的暴徒、军队的士官、环游世界的马戏团成员……当他们倒下时，我吻着他们的唇，此时他们的身体仍在不断痉挛。"更有甚者，他还幻想自己成了食人魔，最喜爱的猎物是他的一个热爱运动的校友："我直接用叉子叉出他的心脏。一股血流喷得我满脸都是。我用右手拿着餐刀，切开他的胸膛，一开始动作轻柔……"我们可以想象，在这个令他得到如此满足的幻想场景中，他一定忘了去担心食物被下毒的事。

这种对男性的肉体进行折磨、切割、灼烧，令其支离破碎、体无完肤的情色幻想，自三岛由纪夫童年时代就开始有了。作为一个作家，三岛由纪夫的言辞粗鲁无礼，竟然号称自己的孩子都是晨勃时不小心怀上的；他还曾详细描述自己第一次射精的细节：当时三岛正在欣赏圭多·鲁尼①的作品《圣塞巴斯蒂安殉教图》，画中男子的身体上插着几根箭，这幅画面一下子引起了他的欲念②。也难怪在他成年后，有一次他给自己拍了一系列展示身体肌肉的艺术照，其中有一张就是模仿那幅殉教图的姿势拍的：在那张照片中，三岛由纪夫穿着和画中人同样的装束，即只在腰上系了一块布，他的两肋被几根箭矢穿过，双臂高举，手腕被绳子绑住。最后这个细节很重要：因为在他自慰时最喜欢想象的画面（他还会把自己的自慰情况记录下来），就是这个腋毛浓密的腋下，恐怕还散发着体臭。可想而知，这幅著名的照片一定大大地满足了三岛由纪夫的自恋情结。

　　三岛由纪夫流传给他的单纯而狂热的信仰者的其他照片看起来没有那么强的画面感。例如，三岛站在一面大镜子面前，注视着自己脏乎乎的胸膛；三岛嘴里咬着一朵白玫瑰，眼神就像一个纵火犯；三岛正在进行举重训练，来锻炼他的肱二头肌；三岛半裸着身体，按着自

---

① 圭多·鲁尼（1575—1642），意大利画家。
② 三岛由纪夫在自传体小说《假面的告白》中详细描述过这一场景。

己的腹部，头上系着一根头带，手握一把武士刀，脸上的表情看起来好像马上就要中风了似的；三岛穿着类似军装的制服，看起来令人意外的拘谨，尽管这身军装是他亲自给他的私人武装"盾会"设计的。他还自己拍过电影，或出演一些讲日本黑帮的B级片；他也曾录制歌曲和唱片，在一张唱片里，他一个人扮演了他自己写的一部剧作里面的所有四十个角色。三岛由纪夫极其在意个人形象，在他拍照片时，他一定会要求把自己拍得高一些，最好能让他在照片里看起来就像一个巨人一样高大。

不过我们不能因此而认定，三岛由纪夫一生主要都在忙于这些民俗活动和一些鸡毛蒜皮的小事。三岛在写作上也是孜孜不倦，在他去世时，身后留下的著作足达上百本之多。据说有一次，他在东京的一家酒店里闭门写作了仅仅三天，就写出了一部足有八十页的稿子。此外，他还频繁地到欧美进行个人宣传。1967年时，人们传言说当年的诺贝尔文学奖会史上第一次颁发给一个日本作家。三岛为此作了精心准备，他特意安排了在获奖名单公布的当天回国，还在市中心的一家旅馆预定了豪华套间。但现实令他大失所望，落地后他笑容满面地第一个走出飞机，却发现人们都垂头丧气的——当年的诺贝尔文学奖最终颁发给了一个从危地马拉来的作家。一年之后,他又遭受到了更大的打击,诺贝尔文学奖终于颁发给了日本作家,但获奖者并不是他,而是他的好友兼导师川端康成。三岛决定与好友共享荣光,消息一出来他就冲向川端康成家,成了第一个向他道贺的人(至少从照片上看起来如此)。毫无疑问,三岛由纪夫自认是天才,应该能够当之无愧地获得诺贝尔奖。"我会向神明证明我的文学作品的价值",曾经有一次,他对一个狂热的右翼分子这样说过,而后者也许已经习惯了他的这些自吹自擂。

据熟人描述,三岛由纪夫是个非常热心的男人,极具幽默感,性格活跃。尽管他的笑声听起来像野兽那样粗鲁尖锐,而且他又笑得有点太多。他的女性关系寥寥无几,他只和自己的祖母(他祖母在他小时候就不顾儿媳的伤心绝望,把这个孙子夺来自己抚养)、他的母亲、他的姐妹、他的妻子和女儿这几个必须打交道的女性来往,但她们也治不好他的厌女症。他的婚姻源于一场误会,他的母亲曾一度被诊断为得了癌症即将不治,三岛由纪夫觉得如果自己结婚,母亲看到家中有后,能走得安稳些。结果癌症被证实为误诊,三岛由纪夫的母亲最终活得比儿子还长。但在判明误诊前,三岛由纪夫已经与妻子杉山洋子完婚了。洋子家境良好,而且她想必满足了三岛事先给媒人提出的六大条件,即:他的妻子不能是个自命不凡的人，也不能是个沽名钓誉之辈；她必须愿意嫁给公民平冈公威（即三岛的真名）本人，而不是嫁给作家三岛由纪夫；她不能比自己的丈夫高，哪怕穿了高跟鞋以后也不行；她必须长得漂漂亮亮，要有一张圆脸；她必须有能力照顾公婆，并管好这个家；最后，她还不能在三岛工作时打扰他。事实上，在俩人婚后，关于这位妻子我们所知道的并不多，但三岛的传记作家们（尤其是在玛格丽特·尤瑟纳尔①热情洋溢的描述中）曾极其感动地描述三岛如何经常带着洋子出访国外，这对于他们那个年代的日本人来说是很少见的。因此，尤瑟纳尔和其他传记作家认为，三岛做到了自己作为丈夫应尽的责任，他原本完全可以将妻子一个人丢在家里的。

在三岛由纪夫生命的最后几年中，他创办了准军事组织"盾会"，他习惯用该组织的英文缩写 SS（Shield Society）加以代称。"盾会"是一个百人规模的小型武装，当时的日本军队默许甚至纵容了他们的发展。组织的一百名成员主要都是学生，他们也是三岛无条件的崇拜者。"盾会"全员效忠天皇，遵循日本古制传统。在很长一段时间里，"盾会"的活动局限于搞些营地驻

---

① 玛格丽特·尤瑟纳尔（1903—1987），法国当代女作家。

扎、战术演练、搭建仿军事工程,以及割开皮肤互相饮血为盟等等。"盾会"的第一次也是唯一的一次真正的行动发生于 1970 年 11 月 25 日。那一天,三岛由纪夫带着四个随从,穿着黄色的军装来到东京市的市谷军事基地,前来拜访该驻地的将军益田兼利。三岛有一把珍贵的古代武士刀,他号称要将这把值得一看的古刀敬献给将军欣赏。但一旦进了将军的办公室,这五名假士兵就立即行动,把将军绑了起来,随后他们挥舞着刀剑,命令军队到阳台前集合,聆听三岛的演说。一些未带武器的军官(日本军队禁止军人对平民使用武器)试图阻拦他们,结果被狠狠地砍了几刀(有一个中士差点被三岛砍下一只手)。但当军队最终集合起来以后,军人们却对三岛的演讲反应冷淡。在他演讲的过程中,士兵们不断地打断他,高喊着"滚你的蛋"或者"巴嘎牙路!"——这个词很难翻译,也许最准确的翻译应该是"操你妈的!"(但也有人说这个词其实指的就是"笨蛋"的意思)。

政变的发展很不顺利,完全没有按计划进行。于是,三岛由纪夫退回将军的办公室,准备切腹自杀。他命令自己最信任的属下(可能也是他的爱人)森田必胜在他切腹后用那把珍贵的武士刀砍下他的头,帮助他尽快从痛苦中解脱。然而森田(按照计划,他在此之后自己也要执行切腹）试了三次都没成功。他的前三刀分别砍在三岛的肩膀、背部和脖子上，但没有一刀能完全命中。随从中还有一位叫古贺浩靖的，武艺更高一些，也没那么紧张；他从森田手里夺过刀，完成了介错。之后轮到森田自己切腹，但他从一开始就已经失去了勇气，只用匕首在肚子上划出一道小伤口。森田的介错也由古贺执行，之后，俩人的头颅都滚到办公室的地毯上。三岛由纪夫自杀时享年四十五岁。出于他一贯的戏剧化作风，他在政变的当天早上还去他的出版商那里交付了自己的最后一部手稿。三岛曾有一次说过，切腹是"自慰的最高形式"。他的父亲在电视上看到了关于政变事件的报道。听到关于市谷袭击的报道后，他一开始想的是："这下我得去给警察和所有人赔不是了，多么烦人哪！"之后他才听到了关于三岛等人切腹的更多细节。他事后承认："我当时并没有感到特别震惊，我的大脑拒绝理解这个消息。"

劳伦斯·斯特恩的离别时刻

劳伦斯·斯特恩出身名门望族，祖先中甚至出过一位大主教，他的父亲罗杰·斯特恩却不幸是家族中最落魄潦倒的成员之一。斯特恩先生是一名军人，但职位最高只做到过掌旗官。他所在的部队一直在不断更换驻扎营地，于是他也只好带着自己的妻儿四处奔波。在这段漂泊的旅程中，不断有孩子出生，也有孩子去世。等他们到达爱尔兰时，只有少数几个孩子最终活了下来，劳伦斯就是其中之一。劳伦斯从他父亲这里继承到的只有他的幽默感，罗杰将这种幽默精神一直发挥到了最后：1731年直布罗陀战争期间，罗杰与他的一名同事因为一场关于鹅的愚蠢争论，竟闹到要决斗的地步。罗杰·斯特恩与他的对手菲利普队长在一间房间里举行了决斗，菲利普在决斗中用剑刺伤了罗杰，由于用劲过大，剑尖穿过他的身体后直插入一面墙内。可怜的罗杰在落败后十分礼貌地向对方提出，希望菲利普在拔回他的武器前，能先将剑尖上的墙灰清理干净，不然

劳伦斯·斯特恩
路易斯·卡蒙特尔①水彩画复制品

---

① 路易斯·卡蒙特尔（1717—1806），法国作家、画家及设计师。

一想到这些脏东西会在他收剑后留到自己体内,他就感到十分不适。决斗事件过后,罗杰还活了好几个月。他被派往牙买加,在那里他染上了伤寒,这是他受伤的身体所无法承受的。他最终去世时,劳伦斯·斯特恩才十七岁。

斯特恩家的富裕亲戚资助劳伦斯在剑桥读完了大学,随后他进了教会,但并非出于虔诚,更多的只是遵循传统,也是为了生活方便。在随后的很多年内,劳伦斯·斯特恩在约克郡担任牧师工作,过着普普通通、默默无闻的生活。他娶了伊丽莎白·卢姆莱为妻,她是一个姿色平庸的女子,但斯特恩还是花了两年才把她追到手。斯特恩的母亲仍住在爱尔兰,平时也不怎么关心他。她听到一条(错误的)传言,说他的儿子与一个富有的女继承人结婚了,于是要求儿子负责照料她的生活,但没有得到多少回应。事实上,劳伦斯·斯特恩的薪水很微薄,他自己都没什么钱去享乐。他曾在斯凯尔顿城堡居住过一段时间(日后,访客给这个城堡起了个别称叫"疯狂城堡"),该城堡是他富有而惰怠的好友约翰·霍尔·斯蒂文森家的产业。即便在那段时间他也没有多少钱可花。当时,他们模仿莫德梅翰修道院的"修道士"(其实是一群丑闻缠身的英国南部贵族子弟),成立了一个"恶魔俱乐部"。比起莫德梅翰修道院的原型,他们这个俱乐部相对更单纯无害些①，因此维持的时间反而更长。在莫德梅翰修道院的"兄弟会"中，有一名成员某次突发奇想，在一个黑魔法仪式的过程中放出一只狒狒，那只狒狒还跳到了名人桑威奇伯爵②的身上，令所有在场人士大惊失色。大家都惊恐地认定这只狒狒就是撒旦本人的化身，他终于响应召唤出现在他们的眼前。这件事发生没多久，莫德梅翰修道院的兄弟会就解散了。而斯特恩与霍尔·斯蒂文森的"恶魔俱乐部"相比之下则只是聚在一起喝喝勃艮第葡萄酒、演奏音乐（斯特恩最喜欢的乐器是小提琴）、跳跳萨拉邦德舞而已。这个快活的牧师和他懒散的朋友最喜欢的娱乐是跑到萨尔特伯恩③的海滩上举行五英里的赛车比赛，比赛时车子的一只轮子甚至就浸在海水中。

劳伦斯·斯特恩的第一部作品是一本当地出版的讽刺小册子，当时约克有一名荒唐的助产士引起了当地政客的激烈抱怨。这本小册子出乎他意料地大获成功，这才促使斯特恩决心投身出版业，才有了他日后无与伦比的杰作《项狄传》。就斯特恩的文学基础而言，这场

---

① 莫德梅翰修道院的修士曾成立名为"地狱火俱乐部"的兄弟会，是当时欧洲上流社会最具权势的兄弟会之一。但该俱乐部的成员无恶不作，闹出过众多丑闻。
② 三明治的发明者。
③ 约克郡的海滩。

成功可说已经来得有些晚了。他一直热爱文学（最崇拜的作家包括塞万提斯、拉伯雷、卢西恩、蒙田和罗伯特·伯顿等，他曾在各种场合堂而皇之地公开抄袭这些作家的作品段落）。除此以外，他还对许多古怪的话题充满兴趣。在他的藏书中，既有军事防御理论，又有关于产科学的书；既有关于长鼻子的研究论文，也有他最喜爱的作家、图尔的教士贝尔罗德·迪·维维尔所著的《到达的方式》。

《项狄传》头两卷的出版带来了巨大的成功，也彻底改变了劳伦斯·斯特恩的生活。在他四十六岁时，他终于过上了衣食无忧的舒适生活，可以尽情地享受人生了。从此，他开始更频繁地往伦敦跑，并很快就和当时最有影响力的一些名流结为好友，包括著名演员大卫·盖里克，以及画家雷诺兹等。雷诺兹甚至给劳伦斯·斯特恩画过三次肖像画，尽管第三次未能彻底完成。斯特恩当时是万众瞩目的焦点，人人都想认识他，他也大方地接受大家的拜访。结果出人意料，人人见完他都对他赞不绝口，没有一个人说他一点不是。看起来，斯特恩不仅十分风趣幽默，就任何话题都能打趣、开玩笑，不管是不是他所熟悉的领域；而且他为人还相当亲切友善。但当别人不能理解或欣赏他的笑话时，他还是会生气的。他还会温和地讽刺一些道貌岸然的傻瓜，等他们反应过来，意识到自己被嘲笑了的时候，通常已经太迟了。斯特恩甚至曾有幸与威尔士亲王的兄弟约克公爵共进晚餐。约克公爵想找他陪伴取乐其实并不奇怪，毕竟他热衷娱乐，几年之后他就是因为有一次在法国彻夜跳舞染上重感冒而一命呜呼的。斯特恩的声望几乎家喻户晓，有一次他甚至收到一封信，信上的地址只简单地写着："给欧洲的特里斯舛·项狄①"。

然而，并不是人人都喜爱斯特恩的作品甚至是他本人的。深受杜·德芳侯爵夫人喜爱的作家霍勒斯·沃波尔就对他极为鄙夷。也许正因为这个原因，斯特恩到巴黎去过好几次，但从未去过杜·德芳侯爵夫人的文学沙龙，倒是去过她的死对头朱莉·德·莱斯皮纳斯那里。他还去拜访过相对没那么有名的霍尔巴哈男爵，并在那里与狄德罗成为好友，他日后一直给狄德罗寄英语书。当他第一次游览大运河时，他曾说自己正在"与死神赛跑"，并说自己刚跑赢了第一阶段。确实，斯特恩的健康状况一直不怎么理想，他患有结核病，时不时就会咳血，有几次几乎已经徘徊在死亡边缘。也许，和他的许多同胞一样，他也有点想要逃离英国。一位有权有势的

---

① 《项狄传》中的主人公。

杰出医生约翰逊与他决裂了，不仅是因为斯特恩的作品不讨他喜欢，还因为有一次当他们在雷诺兹家小聚时，斯特恩竟敢当着他的面展示一幅"伤风败俗到妓院里都不会挂的画"。鉴于斯特恩的身体状况，在他旅居巴黎时，伦敦会传出他已经去世的谣言也就不稀奇了。报上甚至都登了讣告，而在他居住的科克斯沃尔德乡间（当时他不去伦敦时一般会住在那儿），他的教区邻居们甚至还适当地替他哀悼了一番。几个星期之后，斯特恩才出来辟谣，只说讣告发布得"太早了"。与此同时，他其实正在欧洲大陆与伏尔泰结交，参加法兰西喜剧院的戏剧表演（但他觉得很无聊），还去听了波兰国王的私人牧师讲道，那位牧师的演说甚至比演员盖里克还要精彩。他还常常出门散步，他那穿着黑外套的高瘦身形和他的长鼻子十分引人瞩目，有一次，他还带着跟随他的群众一起来到新桥①，在亨利四世的雕像前跪拜。

斯特恩曾在他的杰出作品《感伤旅途》中描绘了自己的欧洲大陆之行，并表达了自己对法国和意大利这两个国家以及当地气候的喜爱。他的妻子伊丽莎白带着他们的女儿莉迪亚在法国南部定居下来，事实上夫妻双方从此形同于两地分居。之后，一位法国侯爵给斯特恩写

---

① 新桥，巴黎最古老的一座桥。

信，说自己爱上了他的女儿莉迪亚，想娶她为妻，随后他提出了一个核心问题："请问您现在能给你们的女儿多少财产，以及在你们去世后，她还能分到多少遗产？"斯特恩则回复道："先生，我在女儿结婚时会给她一万镑，计算如下：她还未满十八岁，而您已经六十二岁了，因此我只能给您五千镑。然后，先生，您至少承认我女儿不丑，而且她还有很多才能，她能说意大利语和法语，会弹吉他；而您，我怀疑您从未弹过任何乐器。因此我相信您会很乐意按我开的条件，拿一万镑的嫁妆娶她为妻。"斯特恩从未失去过耐心，有一次，他在约克郡的房子被人纵火烧成灰烬，最令他不愉快的却不是房子的损失，而是"我可怜的、不幸的教区助理不可理喻的奇怪举动：他纵火烧了房子，但上帝知道，我并没有责怪他，我也没有为此责怪任何人。但他却在事情发生后立即逃之夭夭，跑得像保罗回大数①时那么快，仿佛害怕我会在后面追杀他似的"。

确实，很难想象斯特恩会去"追杀"任何人。他是个随和、友善的人，有一次，一名家境穷苦的寡妇去世了，他甚至还考虑过收留她身后留下的两个孩子。还有一次，他应一个黑奴伊格纳提乌斯·桑丘的请求，在

---

① 大数，《圣经》中所记叙的使徒圣保罗的故乡。

《项狄传》的最后几卷中专门加入了反对奴隶制的内容。他笔下的人物托比叔叔在被苍蝇打扰到时，会动作轻柔地把它们赶走，而不是一巴掌拍死，这后来成了当时社会流行的习惯。斯特恩曾经谈过数次恋爱，他最后也是最理想的情人是伊莉莎①。在他给她的一封信中，面对死期将至的威胁，他依然保持幽默。"我要走了。"他在离别途中写道（当时伊丽莎白和她的丈夫留在印度），但之后一天过去了，他的身体情况也有所好转，于是他又加了一句，"我觉得自己好些了，所以我不会像之前说的那样离开"。他的一个熟人曾这样描述他的性格："在这个快活的人儿看来，一切都是玫瑰色的；有些人看来是悲伤忧郁的事物，在他的眼中也能看到令人喜乐愉悦的一面。他专注于寻找快乐，但其他人在悲伤时再难感到喜悦；他却能饮尽生活的最后一滴苦酒，然后依然对人生充满热情。"

从斯特恩的信件中可以看出，自打大运河那次以来，他就一直在跟死神进行斗争，直至生命的尽头。他在给一名女性朋友的信中写道："我病得非常非常厉害，但我依然能感觉到自己顽强的存在。我感觉这像是某种启示，预示着我还不会死，我还能活下去；尽管换个人

---

① 即伊丽莎白·德雷珀夫人，斯特恩在伦敦与她相识并一见钟情。

就该准备后事了。"就在他去世前不久,他刚开始写作一部最"浪漫"的喜剧,在书中他提前预告道:"当我死后,我的名字将与其他开着玩笑死去的名人并列。"在这个名单中为首的就是塞万提斯,其次是斯卡龙和他最爱的维维尔。但这部"浪漫喜剧"的手稿没有保留下来。1768年3月18日下午四点,劳伦斯·斯特恩在伦敦去世,享年五十四岁,这场与死神的漫长赛跑就此宣告结束。

围绕他的尸体所发生的一系列风波几乎跟他的两部作品一样有名。斯特恩死后被安葬在汉诺威广场的一个教堂的墓地里,没有多少人参加葬礼。但就在几天之后,他的尸体被盗墓贼偷出来卖给了一位剑桥大学的解剖学教授(斯特恩正好就是剑桥大学毕业的)。教授曾邀请他的两名朋友来参观他的解剖课程,很显然,那时候尸体的解剖工作都已经进入尾声了。其中一人偶然看到了尸体的脸,认出了那是斯特恩,两人在不久之前才见过面。那位客人吓得晕倒了,而那位教授这才意识到自己解剖的对象是个多有名的人,赶紧把剩下的遗体保管了起来。人们试着在剑桥实验室解剖的尸骨中找回属于斯特恩的部分,但没有成功。至今,没人知道他的大部分尸骨的最终去向。斯特恩本人也许不会介意所发生的这一切。在明知死期将至时,他曾说过:"我很想再多活七到八个月……但一切都要看上帝的意思。"在《项狄传》中,他也曾写道,自己希望不要死在家里,而是死在"某个体面的旅馆",以免惊扰到他的朋友们。他在伦敦实现了这个愿望。有人目睹了他的临终时刻。"时候到了。"斯特恩说道,并抬起手,仿佛要阻挡一阵风吹过。

红颜易逝

赫斯特·斯坦霍普
沙漠女王

赫斯特·斯坦霍普十分擅长讽刺，也为此付出过重大代价，但她的传奇与声望同样得益于此。她早年曾住在自己的叔叔——乔治三世时期的英国首相小威廉·皮特家，担任他的家务总管工作，那是她最无忧无虑的时期。显然，凭借出众的美貌和杰出的口才，她成了首相家中不可或缺的一员，曾多次为政要们组织晚宴，并帮忙烘托气氛。然而，她爱挖苦人的习惯给自己树敌不少，1806年她叔叔去世后，她发现自己瞬间众叛亲离。万幸国家给了她一笔丰厚的终身津贴，以奖励她忠心耿耿的叔叔为国家鞠躬尽瘁做出的贡献。

不管在家门内外，小威廉·皮特都不是唯一一个被赫斯特的魅力所折服的男性。尽管在她那个年代，赫斯特的体型显得像个巨人（身高接近一米八）。但不管在她的青年时代还是在此之后，她的活力和天赋都令人无法抗拒，这也助长了她拒不结婚的任性。她拒绝承认自

赫斯特·斯坦霍普
黛哈吉美术馆照相平板印刷品

己的美貌，而认为自己更像是"与美类似的丑陋"。赫斯特与她一生的挚爱约翰·莫尔[1]将军之间的情路十分坎坷——在她原来的恩主去世后，她曾日日夜夜地依赖于他——在半岛战争、即西班牙人所谓的独立战争期间，俩人曾共同在拉科鲁尼亚生活过一阵。

部分由于战乱，部分也是因为叔叔死后她在伦敦政治界的权力逐渐衰落，赫斯特在她三十三岁时离开了英国。在两个世纪以前，一般这个年纪的女子早已退隐江湖了；她却就此抒写了一代传奇：一位阔绰的贵妇，带着一队庞大的随行人员，在中东地区四处游历。她的随从人员不断增长，在巅峰时刻甚至形成了一支商队。她的旅行没有明确的目标，也没有具体的目的地。希腊、土耳其、埃及、黎巴嫩、叙利亚都曾留下她的足迹：她穿着中东服饰，女扮男装，身边围绕着她的仆人、秘书、女伴、食客、被她的性格所吸引的法国将军们、她的私人医生梅里恩[2]（他记录下了赫斯特的旅途轶闻），以及她的众多情人，他们通常都比她更年轻也更漂亮。她与当地的谢赫[3]和埃米尔[4]交往甚密，甚至能因此享

---

[1] 约翰·莫尔（1761—1809），英国将军。
[2] 即查尔斯·刘易斯·梅里恩（1783—1877），英国医生及传记作家。
[3] 指穆斯林教长、族长。
[4] 穆斯林国家的贵族、王公的称号。

有特权，可以进入当时不对西方人开放的巴尔米拉① 城。她后来在黎巴嫩山上定居下来，与德鲁兹人② 为伍。在那里，她获得了莫大的权力，而这权力正是她在自己的国家时没能从亲戚手中继承下来的。

赫斯特本人的信件，以及狂热迷恋她的梅里恩医生的传记，共同构成了她的冒险生活的主要记录。她的信写得极具文采，从信件内容来看，赫斯特并不是一个谦虚的人，甚至并不诚实。在一封信中，她写道："我成了阿拉伯人眼中的先知，所有的部落都敬爱我，他们认我为神，就因为我会骑马。"确实，她曾骑着马不知疲倦、永不停歇地四处旅行，却没有一个明显的目的地。而且她还跨骑在马上，而在当地，女子本是不被允许以两腿岔开的姿势骑马的。然而赫斯特显然拥有特权，而且随着时间的推移，她果然如自己所号称的那样，被当地人信奉为先知和女祭司。每次当地起冲突时，争斗双方首先就会去请求她保持中立，因为大家都知道，一旦她选择了偏袒某一方，那些还在犹豫不决的部落就都会倒向她那边。

---

① 巴尔米拉，叙利亚东部的一个重要城市，是商队穿越叙利亚沙漠的重要中转站，也是重要的商业中心。
② 德鲁兹，中东一个源于伊斯兰教什叶派伊斯玛仪派的独立教派。

赫斯特在祝尼①建了一座迷宫似的堡垒，里面的许多楼阁与房间被用来收留（她认为）迟早会来投奔她的名流。在她的想象中，欧洲各处正不断发生骚动，许多人会因此被迫来这里寻求庇护。这座堡垒后来确实收留了不少流亡者，但他们既不是名流也不是欧洲人，<u>堡垒成了无继承权的穷光蛋和当地通缉犯的庇护所</u>。

赫斯特·斯坦霍普可以显得很有魅力，但在大多数情况下，她急躁易怒且性格暴虐。她会强迫自己的访客服用药水和盐，来预防疾病和感冒，有时甚至一次服用七剂。她总是在不停地抽烟斗，在她生命的最后时刻，她很少离开自己的房间，据说屋内总是弥漫着一股烟味，卧室里所有的物品和家具都有被烟熏火燎过的痕迹。她与同性之间的相处不大愉快。她曾放话称，自己一眼就能看透一个男人的本质。她可以就任何话题滔滔不绝：占星术、星座、哲学、政治、道德、宗教和文学。许多人都害怕成为她模仿嘲弄的对象，其中最有名的是拜伦勋爵，她曾在雅典遇到过他，并生动地模仿过他费劲而不标准的发音。

在她生命的最后几天内，赫斯特已经躺在床上奄奄一息，她眼睁睁地看着自己的用人们当着她的面开始偷

---

① 黎巴嫩的一个村庄。

窃，却无能为力。用人们都在等着她快点断气，这样他们还可以拿走更多的东西。赫斯特于1839年去世，享年六十三岁。两个欧洲人去她家看她时，发现了她的尸体。当时堡垒中已空无一人，她的三十七个用人将所有财物席卷一空后逃之夭夭，甚至连卧室都惨遭洗劫。唯有她身上的穿戴没被偷走，因为没人敢碰她的尸体。也许，她在自己的信中所言非虚："我并不是在开玩笑——在巴尔米拉的凯旋门下，我曾被加冕为沙漠的女王。"

弗农·李[①]
"豹猫"

尽管弗农·李的著作颇丰,她最大的天赋却在于她的沟通能力。她能够巧妙地引导灵异事件的受害者重述他们所目睹的奇闻怪事,仿佛是自己的亲身经历;而在当事人去世后,就再也没人会向她追溯这些故事的原始出处了。

弗农·李真名维奥莱特·佩吉特,尽管她的母语是英语,国籍也属英国,但她在二十五岁之前从未踏上过英国的领土一步。弗农·李在法国出生,在她的整个童年和青少年时期,她都在被她的同胞称之为"大陆"的欧洲列国四处奔波。这种奔波并非观光旅游,事实上,佩吉特家族过着游牧民族般的生活,每隔六个月就搬一次家。德国、法国、瑞士、比利时、意大利等国都留下他们生活过的痕迹。然而在旅途中,这一家四口从不去

---

① 弗农·李(1856—1935),原名维奥莱特·佩吉特,英国文艺批评家、美学家、志怪小说作家。

弗农·李，1889年
约翰·辛格·萨金特① 绘

---

① 约翰·辛格·萨金特（1856—1925），美国艺术家。

欣赏任何风景、不参考任何旅行指南、也从不去拜谒任何当地的名胜古迹。不管走到哪里，他们都坚持自己一成不变的生活模式，还颇为此得意——他们自称是旅游业之敌。直到1873年，他们才终于结束了这段漫长的漂泊生涯，在临近佛罗伦萨的一个名叫帕梅利诺的小村庄定居下来。弗农·李在成年后，在这里度过了自己的大半人生。

很显然，弗农·李来自一个不寻常的家庭。她的母亲（与她父亲再婚后组成这个家庭）是个小个子女人，身高只有一米五。她性格专制，精力充沛，妄自尊大，反感宗教（她曾嘲笑过《圣经》中的族谱，但同时又宣称自己的家系源自法国王室）。她和自己丈夫的关系似乎很平淡，来访的客人甚至常常把男主人和园丁弄混。每天晚上，夫妻俩会分开吃晚餐，但餐后佩吉特先生会打着手电筒，陪妻子在夜间出门散步，这似乎是他作为丈夫在家中的唯一一项义务，但他在做这件事时还是让人感觉很可靠的。弗农·李还有一个同母异父的哥哥尤金·李-汉密尔顿，后者比她大十一岁。尤金在被派往布宜诺斯艾利斯担任外交官工作前得了重病，从此卧床不起。此后二十年间，他在家闭门不出，成天躺在沙发或靠垫上，无法自由地活动四肢，但时不时地会写一些诗歌。

直到二十三岁以前，弗农出门时都必须有侍女陪伴左右，但这不影响她在文坛少年得志。在她十三岁时，她就在报上发表了自己的第一篇文章（《一枚硬币的故事》，一部法语写作的作品）。在她二十四岁时，她出版了自己的第一本书，《意大利十八世纪研究》。在当时，这个议题鲜有人研究，加上她在书中体现的渊博学识，都令这部作品的出版变得十分引人瞩目。这之后不久，1881年，弗农·李来到伦敦，希望在这里能找到发表新作的机会，并建立起个人的关系网络，助推自己的事业更上一层楼。然而在人际交往方面，伦敦之行令她颇为失望。毕竟，评论界对她相当刻薄，而文艺界名流给她留下的印象个个糟糕，即便最知名的那些也不例外。她觉得威廉·莫里斯[①]看起来就像"一个火车站的搬运工或者船夫"；她对自己的导师沃尔特·佩特[②]尽管不失崇敬，但见到真人后依然觉得对方"丑陋、蠢笨、寡淡乏味"。她描述画家詹姆斯·惠斯勒是"一个卑贱、吹毛求疵、蛇蝎心肠的黑色的小东西"；而邓南遮像个"低人一等的俄罗斯贵族，我更怀疑他是一名……拿破

[①] 威廉·莫里斯（1834—1896），19世纪英国设计师、诗人、社会主义活动家、工艺美术运动的创始人。
[②] 沃尔特·佩特（1839—1894），英国著名文艺批评家、作家。

仑党人"。她称贝伦森①是一个"坏脾气的自大狂和讨厌鬼"。她觉得奥斯卡·王尔德"和蔼可亲",但后者对她避而不见。她崇拜亨利·詹姆斯,甚至还曾把自己的一部小说献给了他,但俩人的交往也不愉快。一开始,詹姆斯曾褒扬过她,并对她的作品表示有兴趣(他曾说过"弗农有着惊人的智慧")。但之后有一次,弗农明显地把詹姆斯作为故事人物形象写在了自己的一篇小说中,使詹姆斯对弗农的态度再度冷淡下来(他不是气愤弗农使用了自己的形象,而是介意她在引用他的个人形象时,完全没经过任何必要的艺术加工)。尽管詹姆斯本人并未屈尊去阅读这部作品,但与此相关的流言已经闹得沸沸扬扬,为此他还亲自写信给自己的兄弟、哲学家威廉去警告他:"弗农·李虽然聪明,但也同样地古怪和危险。这就能说明很多问题了。她在文学上的才能很少能完全地展露出来,但她的谈话技巧绝对是十分高超的。当她向你索求友谊时,千万要当心。她就像一只豹猫!"

弗农·李的大部分朋友都是女性,尽管这种友谊通常建立在共同的文学爱好之上,但她对对方往往过于执着,常令她的朋友们不胜其扰。有一次,她听说自己的

---

① 伯纳德·贝伦森(1865—1959),美国艺术史专家,专注文艺复兴艺术研究。

一个女朋友与一位男士只见过三次面就决定结婚，竟因此患上了神经衰弱，这个毛病从此跟了她一辈子。她的另一个朋友曾说，当俩人第一次见面时，她感觉像是圣母遇到了报喜天使。弗农·李丝毫没有女人味：她自然从未结婚，也不曾公开过任何恋情。对于爱情，她的态度很明确："我不能忍受自己为了爱一个人愿意牺牲自己的一切。我不愿付出那种会令自己体无完肤的爱。我可以避开人群，一个人过日子。我觉得没有人来打扰我时，我过得更舒适。"

弗农·李喜欢男式的装扮，有时戴一条领带，有时戴一顶软毡帽，有时会戴一副眼镜，来遮掩一下她那双灰绿色眼睛中的光芒——她的另一位朋友曾说她有一双"雌虎似的眼睛"。她的下嘴唇和牙齿有点向外凸出，鼻子显得一副刻薄相，她曾说自己有一种"巴洛克式的丑陋"。她的聊天技巧很高，谈话时言辞犀利，有时她在争辩中过分地旁征博引，甚至会陷入自相矛盾的地步，旁人则很难跟上她的思路。她对于美学的大量原创性的研究如今显得已经有些过时，而她的小说从来都不算特别优秀。但她关于"闹鬼的场所"的作品，尤其是那些幽灵和超自然故事的写作则相当卓越，几近伊萨克·迪内森的水准。

弗农·李在晚年读过弗洛伊德的作品，但毫无收获，她觉得弗洛伊德的理论就是一种蒙昧主义。弗农·李于1935年去世，享年七十八岁。在她生命的最后时刻，她已经什么都听不见了，这使她更被隔绝于她所熟悉的世界之外，因为她失去了自己最大的两个乐趣：一是她最得心应手的谈话；另一个则是音乐，它曾带给她许多慰藉。

艾达·伊萨克斯·门肯
马背上的女诗人

艾达·伊萨克斯·门肯的一生过得多姿多彩，奇怪的是，在临终之际，她最关心的却是自己唯一的一部诗集《悲运》的出版事宜。门肯于1868年8月10日去世，而这本书在她去世后一周才最终出版，这意味着她终究没能目睹自己的作品问世。不过，即使在她的声名最如日中天的那十几年间，门肯也始终没有放弃她对文学艺术的热诚，同时她一直与文艺界人士来往密切，这也是不争的事实。但在那段时间，她最主要的时间都花在了演戏上，以被绑在马上的知名舞台形象而著称[1]。这种大胆的演出，以及接踵而来的各类桃色新闻，使她一跃成为美国演艺界第一个举世闻名的国际巨星，也是欧美小报共同关注的焦点。

在门肯的那个时代，很多人曾质疑她的"贵妇"身

---

[1] 门肯曾在戏剧《马捷帕》中近乎全裸地出演了一个被绑在马上的场景，并因此引起轰动。详见后文。

艾达·伊萨克斯·门肯，1866年
萨罗尼① 摄

---

① 拿破仑·萨罗尼（1821—1896），美国石版画艺术家、摄影师。

份,也曾质疑她是否算是个正经的"戏剧艺术家"。门肯曾结过四次婚(包括一名拳击手和一名赌徒——后者后来在丹佛不得善终),此外她还有过数不清的情人,其中自然还包括了一些知名作家,例如大仲马曾在晚年与她发生过一段恋情。她还和著名诗人阿尔伽农·查尔斯·斯温伯恩交往过,此人是个红发、矮个子的双性恋,总是一副维多利亚时期的打扮,喝得醉醺醺的。他还是一个性受虐狂,最喜欢别人用鞭子抽他。除感情生活之外,艾达·伊萨克斯·门肯还在各种其他方面与许多作家有交集:她是沃尔特·惠特曼的好友,也是他的第一个学生;乔治·桑是她第一个孩子的教母,当时她给这孩子举办了盛大的洗礼,给他起名路易·杜德方特·维克多·埃曼努埃尔,可惜这孩子没活多久就夭折了。英年早逝的菲茨·詹姆斯·奥布莱恩①是她聚会狂欢时的玩伴,菲茨与他的好友爱伦·坡几乎一样有才华。性情随和、备受崇敬的查尔斯·狄更斯接受了"门肯女士"(这是门肯的自称)给他献上的诗歌。戈蒂耶②在巴黎时,曾盛赞过门肯。保尔·魏尔伦曾写过几首不

---

① 菲茨·詹姆斯·奥布莱恩(1826—1862),爱尔兰裔美国作家、诗人、军人。在战场上牺牲。
② 泰奥菲尔·戈蒂耶(1811—1872),法国唯美主义诗人、散文家和小说家。

怀好意的诗歌嘲笑她，而门肯的同胞马克·吐温还叫克莱门①时，就给后世留下了最详尽的关于门肯的表演描述。很遗憾的是，门肯的艺术表演并没给这名来自南方的记者②留下多少好印象，而更为遗憾的是（对门肯来说），她的演出反而激发了克莱门的讽刺天赋。在门肯不计其数的演艺作品中，最为出名的是她在《马捷帕》中的表演。这是一部由拜伦的文学作品自由改编的戏剧，门肯在其中反串男主角，在最后一幕，她在马背上的大胆演出使她一下子蜚声半个地球。但在马克·吐温看来，门肯毫无表演天赋，有一次，她扮演麦克白夫人时，在观众都没有察觉的情况下不知不觉地改了莎士比亚的台词（在这些经典剧目的演出中，她那些没她那么会随机应变的演员同事因此被她牵累，把整场表演弄得一塌糊涂）。然而吸引观众去看《马捷帕》的理由，主要是为了去看门肯在剧中最后一幕的大胆演出。在她最后一次登场时，她身穿一件紧绷住身体的肉色演出服，被绑在马背上，即便就近观看，看起来也仿佛赤身裸体（尽管门肯在戏中反串男角，还贴了一撮滑稽的小胡子，但这根本无关紧要）。马克·吐温表示，他很后悔没有带上双目望远镜去看这场戏，但他依然看出门肯

---

① 马克·吐温原名为萨缪尔·兰亨·克莱门。
② 指马克·吐温。

所穿的并非紧身衣,而是"又紧、又薄、又小的白色亚麻睡衣",他还表示,这件戏服少了"对正值敏感年纪的儿童来说所必不可少的部分"。他认为女主演在全场演出中的表现"疯癫错乱",在第二幕最著名的片段"法国间谍"中,门肯的演绎"像一只牡蛎一样又聋又哑",这甚至令他稍感欣慰。与这些相比,演员"过分夸张的手势"反而成了无足轻重的小问题。

但是如果我们对评论家的批评照单全收,就很难解释为何一名如此缺乏天赋的女演员能够在大西洋两岸的剧院久负盛名多年,场场演出座无虚席。除演技以外,门肯想必另有迷人之处。在生活中,她无疑是个极具魅力的女性,最严苛的评论家也会被她所征服甚至爱上她,其中包括记者内维尔①——他曾极其毒辣地抨击过她,最终竟成了她的丈夫,尽管俩人的婚姻只维持了一个星期(不过门肯还有另一段只有三天的婚姻可以垫底)。直到进入二十世纪,她引起争议和报道关注的能力依然空前绝后。美国南北战争期间,合众国即将攻陷巴尔的摩之际,门肯忽然认起祖宗来(她出生在新奥尔良州附近,可能有四分之一的黑人血统)。她要求将整座剧院漆成灰色,与联盟的军服颜色保持一致(联盟军

---

① 罗伯特·亨利·内维尔(1836—1901),美国幽默作家、评论家,《星期天信使报》专栏作家兼编辑。

当时即将失守）；日后，当她有空（做演讲）时，她又把自己描述成那个年代里最聪慧、最有经验、最敢于大胆讽刺的女权主义者，她反对奴役女性，主张随性而为，直到她被北军逮捕。她在一封信中写道："他们想叫我回南方，但只给我不到一百镑的旅费。我当然不会接受这样的条件……我不能两手空空地越过边境线。"

对于艾达·伊萨克斯·门肯的真实生活，我们所知甚少，关于她的传说倒是听了许多：据说她其实是一名西班牙裔的犹太人，生于马德里（她是犹太人这一点倒是有可能是真的）；她在青少年时代曾在哈瓦那当过妓女（第一个客户是一个奥地利男爵）；传言还说，当她成名后，有一次她曾去维也纳的宫廷拜见弗朗茨·约瑟夫大帝，当时她身上只穿了一件披风，当她见到皇帝时，她把披风一脱，露出底下那身著名的《马捷帕》戏服，也就是所有人乍一看都以为她什么也没穿的那一套（不过，显然她没有把她的马也一起带到宫廷里去）。门肯留下照片无数，每张照片里都精心摆好造型；在其中最受欢迎的一张照片中，她坐在当时已经又老又胖的大仲马的膝盖上。大仲马几乎什么都没穿，门肯的头就枕在他凸起的胸口。

尽管门肯在演出时曾从马上摔下来数次，其中有一次就发生在她去世前不久，但关于她的死因另有其说，只是医生对此有争议，似乎也没人有兴趣去一探究竟。尽管我们不知道门肯确切的出生日期，不过她去世时大约应在三十多岁。在她去世前，她的脾气变得越来越坏，她埋头创作着商人夏洛克①的形象，同时密切关注自己诗集的出版事务，这在本文的开头我们已经提过。尽管她最终未能亲眼见证诗集出版，但人们都说这是她自己导致的：据说她花了太多时间挑选自己用于封面的个人肖像，换了一幅又一幅，导致诗集的出版进度被大幅延迟，最终在她去世后才得以问世。也许这对她来说只有更好——尽管门肯早就已经不在意评论家对她的演出评头论足，但如果她看到那些关于她的诗作的刻薄评论，她恐怕会非常伤心的。

---

① 《威尼斯商人》中的反派犹太商人。

维奥莱特·亨特
"巴比伦荡妇"

对于维奥莱特·亨特,至少在感情生活上,我们不能要求她始终忠贞如一;毕竟她就是特别热衷于各种"离经叛道"的恋情,也经常因此而声名狼藉。丑闻闹得最大的那一次,她与著名的文学家、杰作《好兵》的作者、康拉德的好友与合作伙伴福特·马多克斯·福特相恋。当时,福特的妻子拒绝离婚,而亨特又纠缠不休,非要争取正妻的名分,于是福特恢复了自己的德国国籍,试图依据德国法律正式迎娶亨特。福特甚至还为此举办了一场气氛压抑的"婚礼",请了一个已被剥夺教籍的牧师来主持,希望以此取悦他闷闷不乐的情人。结果整件事变成了一桩大丑闻,甚至被闹上法庭——福特先生遭到两位"福特太太"的两面夹击,最终被送进监狱,获刑数日,而维奥莱特·亨特则躲去欧洲避了一阵子风头。这件事令她十分崇拜的绅士、正直而稳重的亨利·詹姆斯大失所望,他讲起这件事时连称"遗憾,

维奥莱特·亨特,1910年
E.O. 霍普① 摄

---

① 埃米尔·奥托·霍普(1878—1972),英国摄影艺术家。

遗憾，哎，极其令人遗憾！"。

维奥莱特·亨特也是颇受亨利·詹姆斯庇荫的作家之一，但与惯常的情形不同，她和詹姆斯之间的关系倒是十分清白。维奥莱特并非没有过机会，有一次，她应邀去詹姆斯在乡间的住所作客，晚饭后她感到不舒服，还吐了。借此机会，她去换了一身衣服，回到起居室时，她身上只穿了一件中国式的长袍，而且据她自己在日记中记载，"充分卖弄风情"。詹姆斯却视若无睹，只和她长谈起亨福莱·沃德夫人①的作品，看起来，比起维奥莱特，他似乎更欣赏沃德夫人的作品，评价也更高。这令维奥莱特极为懊丧。

亨利·詹姆斯并非维奥莱特试图勾引的第一个年长于她的男子，在她才十三岁时，她就曾主动要求嫁给美学巨匠约翰·拉斯金，后者当时已经五十六岁了。拉斯金长期恋慕露丝·拉图切②小姐，他在她只有十岁时就看上了他，并耐心等到她年满十八岁时向她求婚。然而，拉图切拒绝了他，并在不久后去世。维奥莱特对痛失挚爱的拉斯金感到很同情，于是主动提出以身相许。对维奥莱特来说比较幸运的是，她这个无私的提议

---

① 亨福莱·沃德夫人，原名玛丽·奥古斯塔（1851—1920），英国小说家。
② 露丝·拉图切（1848—1875），约翰·拉斯金的爱徒。

当时被搁置考虑，之后就被拉斯金遗忘了。似乎连奥斯卡·王尔德都在年轻时向她求过婚（当时他的性取向还不明确）。我们还知道，维奥莱特是少有的几个成功地令天才作家萨默塞特·毛姆倾倒的女性，而毛姆日后素来以作风严谨而著称。她自己则曾被著名的猎艳高手H.G. 威尔斯追到手。但我们不能因为她与上述这些名人的关系，就断定维奥莱特·亨特是个沽名钓誉之人。她还有过一些更曲折、持续时间也更漫长的恋情，而对方并未名垂史册。例如她曾和一名外交官有过一段恋情，但对方在与她交往时，还同时和另外五六个情人保持着关系，维奥莱特甚至因此染上了梅毒。在此之前，她还和一名只比她父亲小三岁的画家交往过，对方也曾给她带来同样的欢乐和痛苦。

而所有这些传奇最引人注目的地方，在于所发生的年代是那么早。维奥莱特·亨特生于 1862 年，这也就意味着，尽管在爱德华七世[①]执政的那短短几年中，社会风气更为宽容，她也曾因此而得益（只要不要太过"离经叛道"并被人发现即可），但她人生的大部分时间是在更为保守的维多利亚时代中度过的。而维奥莱特·亨特在已经年满四十六岁时，仍能与小她整整十一

[①] 爱德华七世（1841—1910），英国国王，1901 年—1910 年间在位。

岁的福特·马多克斯·福特相好，在那个年代，一个女人到这个年纪还能找到爱人，可谓一件值得吹嘘的壮举。由此可以推断出，当时维奥莱特尽管已经上了年纪，大概仍保有一定程度的天真，所以她才会以一种戏剧性的形式，一举陷入福特的情网。维奥莱特曾将俩人的感情说成是"天意安排"（但看起来更像是福特看着时机已到，故意推波助澜）。有一次，她正好摸到福特的外套口袋，发现里面有一个药瓶，上面草草地写着"毒药"二字。她从福特那里抢过这个瓶子，质问他是不是打算把里面的毒药喝下去。福特承认他曾有过这个念头；维奥莱特从此以他的救命恩人自居，并认为自己有义务要对他负责。而熟悉福特夫妻的人则说，如果是正牌福特夫人遇到这种场面，说不定她反而会鼓励福特把毒药喝下去。

埋头恋爱之余，维奥莱特·亨特还忙里偷闲，张罗各种事业：她曾支持妇女参政运动，同时又要避免被当时知名的女同性恋团体推举为她们的代表；她夜夜笙歌，参加无数派对，同时还有时间写作短文和小说。她总共写过三十一本书，内容涵盖长篇小说、短篇故事、诗歌、戏剧和翻译作品等。其中流行时间最长的是她写的新哥特式风格的小说和鬼故事，作品水准极高，亨利·詹姆斯曾提议，可将之命名为《世间一名女性所写的鬼故事》(可惜她最终没有采纳这个标题)。但人们有时也会有这种感觉,似乎她的同僚们喜欢她、爱和她在一起,更多的是被她源源不断地制造绯闻的能力以及她杰出的社交手腕所吸引,而非真正倾慕她的文学才华。究其一生,她始终在寻找一个可以替代父亲的角色,但她所追求的对象,包括亨利·詹姆斯、康拉德、威尔斯、哈德森[①]等等,对她不是半推半就,就是三心二意。擅长给人起外号的亨利·詹姆斯不是叫她"巴比伦荡妇",就是称她为"紫色的污点",因为他第一次遇到维奥莱特时,她戴着紫色的帽子,身着紫色的大衣。

在福特之后,维奥莱特没有再去寻找新的情人。在她生命的最后阶段,她埋头创作诡计多端的奸诈男性角色,但不怎么成功。不断加重的梅毒病情影响了她的神志,导致她有时会说出一些不可挽回的失礼之言。有一次,她评价小说家麦克·阿伦时说:"麦克·阿伦真是一个讨人喜欢的年轻人,而且非常聪明。但我不明白,他的作品为何会写得这么吓人。"1942年,她在一片悲哀凄凉的气氛中离开人世,享年七十九岁。在她的文人朋友和情人创作的某些深入人心的文学角色中,依

[①] 威廉·亨利·哈德森(1841—1922),旅居英国的阿根廷作家、博物学家。

然能看出她充满矛盾的强烈个性的影子：她曾赋予他们灵感，他们却无法给她带来快乐。只有最天真的人才能说，至少，他们令她的形象在文学作品中得到了永生。

朱莉·德·莱斯皮纳斯
多情恋人

朱莉·德·莱斯皮纳斯短暂的一生命运多舛，但她仍通过自己杰出的社交能力给其他人带来许多抚慰和快乐，这点尤为令人称道。她在贝拉雀斯路的文学沙龙通宵达旦，每日宾客络绎不绝（其中包括著名的百科全书派代表人物达朗贝尔、狄德罗、孔多塞侯爵、马蒙泰尔，以及各类贵族、外交官、神职人员，以及包括上至元帅夫人在内、各个层级的贵族女眷们）。人们纷纷盛赞道，尽管在这样的集会上，资质杰出、才识卓著之人比比皆是，莱斯皮纳斯小姐仍能凭借其卓越的才干掌控场面：她不用打断别人的谈话，就能不着痕迹地引导聚会的方向。因此也难怪，当她的保护人杜·德芳夫人指控她背叛自己挖她朋友的墙角，将她逐出家门，俩人许多共同的朋友被迫要在两家文学沙龙之间选边站时，许多人都选择继续跟随没那么聪慧、但性格更讨人喜欢的莱斯皮纳斯小姐。她靠自己强大的凝聚力，将她的朋友

朱莉·德·莱斯皮纳斯

们集合在了一起,以至于在她死后,吉伯特伯爵①就很明确地说:"她的离开将令我们四分五裂。"确实,在她死后,这些人再也没有继续集会过,因为他们知道,没有了她,他们将再也回不到过去的样子。

朱莉·德·莱斯皮纳斯出身暧昧,原本没什么前途上的保障。她是阿尔彭伯爵夫人的私生女,没人能够确定她的父亲到底是谁,不过杜·德芳夫人的长兄维奇伯爵嫌疑很大。阿尔彭伯爵夫人还有另外一个私生女,对方在适当的时候嫁给了维奇伯爵(1739年),于是,伯爵就成了自己未相认的女儿的姐夫,同时他又是自己侄女的丈夫和自己岳母的前情人。但在这位所谓的岳母,即阿尔彭伯爵夫人去世后,维奇伯爵并没有给她的女儿提供多少帮助。莱斯皮纳斯被迫与她的两名亲戚同住在一起,对方将她当作女佣对待,甚至可能待遇更坏;直到杜·德芳夫人(据我推断,她名义上是莱斯皮纳斯的姻亲,其实也是她的姑姑)出于同情,将她带到巴黎照顾,结果如前文所述,导致自己惨遭背叛。朱莉对自己的出身总是闭口不谈,不过她曾说过,她对理查逊和普列沃斯②在那些浮夸的小说中所描述的复

---

① 吉伯特伯爵即雅克·安托万·希波利特(1743—1790),法国将军及军旅作家。
② 安东尼·普列沃斯(1697—1763),法国作家、小说家。

杂家庭关系都见怪不怪了。也许正因为这个原因，她最喜欢的作者反倒是斯特恩，她曾精心研读甚至模仿他的风格，斯特恩来访巴黎时，可能也曾当过她的座上宾。

然而，莱斯皮纳斯自己一生的经历却更接近《帕米拉》①或者《曼侬·列斯戈》②，而非《项狄传》。与她的对手和前保护人德芳夫人一样，她在文学史上留名，主要还是凭借其书信写作。但两人的书信风格并无多少共通之处，如果说杜·德芳夫人的书信主要以风格悲观、语调辛辣、充满怀疑论而著称，莱斯皮纳斯小姐的书信则是激情似火、活力奔放。尽管发生的有些晚，但她终究是痛苦地、疯狂地、不可抑制地爱上了吉伯特伯爵，她写给伯爵的书信中有些保存至今，从这些信件中，能够感受到她火热的爱。在此之前，她还曾同样狂热地爱上过一位西班牙的莫拉侯爵，不过那段爱情给她带来的痛苦稍微少一些。莫拉侯爵是个聪颖的人物，他的西班牙同胞总说西班牙配不上这样的人（时至今日，只要有人在西班牙怀才不遇，人们依然这么说）。莫拉有一次

---

① 《帕米拉》一作中的主角爱丽莎出身贫寒，受到一位伯爵夫人的监护。
② 《曼侬·列斯戈》是普列沃斯的代表作，讲述了贵族青年格里奥与年轻姑娘曼侬·列斯戈之间曲折传奇的爱情故事。

独自去枫丹白露，短短十天内，他给她写了二十二封信。后来由于身体原因，莫拉不得不离开巴黎；之后他又回来过一次，但随后又一次离开了——这一次他没再回来。1774年，莫拉侯爵在勃艮第去世。其实在他去世前，朱莉·德·莱斯皮纳斯已经开始和吉伯特伯爵约会了。当时，吉伯特还是一位年仅二十九岁的年轻上校。他那时只出版过一本书，名叫《论战术》，是一部十分枯燥乏味的学术作品。但由于他十分受欢迎，当时的贵妇们居然竞相阅读这部作品，见到他时纷纷称赞："哦，吉伯特先生，您的战术理论真是精彩！"朱莉·德·莱斯皮纳斯当时已经年近四十岁，可想而知，她并非吉伯特生命中唯一的女人。最后，上校娶了其他女子为妻，但这丝毫无损朱莉对他火热的爱情。和许多天资卓越却被爱情冲昏头脑的女性一样，她在吉伯特伯爵四海漂泊时坚持不懈地给他写信，这些书信最终成为文学史上的同类佳作之一。

在莱斯皮纳斯的爱情故事中，最悲惨的主角大概就是百科全书派的权威人物达朗贝尔了。多年以来，俩人一直住在一起，似乎互相保持忠诚，虽然并非始终如一（至少在俩人同居以前并不如此）。但不管事实真相如何，至少达朗贝尔一直坚信，他是自己这位伟大的朋友最直接的倾诉人，而她对自己也一样如此（与百科全书派相关的事宜除外)。然而不幸的是,在朱莉死后,他被指定为她的遗嘱执行人,他在检查她的遗物时才发现,朱莉连一封他的信都没保存下来,相反,遗物中却有成堆成堆的她与莫拉往来的信件。达朗贝尔为此伤心欲绝,他去找了吉伯特伯爵(朱莉给他写过许多信,但他也许并没有回复过),对他说:"我们都错了!她爱的是莫拉侯爵!"不消说,在那个还十分有教养的世纪,吉伯特对此保持沉默。达朗贝尔在朱莉去世后还活了七年。作为法兰西学院的秘书,他在卢浮宫有一套居所,他独自在此度过了晚年,始终沉浸在悲痛之中。有一次,他的朋友马蒙泰尔提醒他回想自己最后一位情人的所作所为,而他回答道:"没错,她变了,但我没有变;她不再仅仅为我而活,但我始终只为她而活。如今,她不在了,我生存的意义也消失了。我如今还剩下什么呢?当我回家时,家中不再有她的身影,仅余她生活过的痕迹。卢浮宫内的房间就像一座坟墓,此处只有恐惧。"

朱莉·德·莱斯皮纳斯于1776年5月23日在亲友的陪伴下去世,享年四十三岁。在她去世前的最后三天中,她已经十分虚弱,几乎不能讲话。护士小心翼翼地照顾着她,扶着她坐起身。她的遗言令人惊讶。"我还活着?"这是她留下的最后一句话。

艾米莉·勃朗特
沉默的"少校"

艾米莉·勃朗特的一生是如此短暂，而她本人又素来沉默寡言，因此对于她的生活，我们所知甚少。她的同胞、英国传记作家们常常不畏挑战，为她撰写大部头的人物传记，但往往内容空洞。尽管"勃朗特三姐妹"在文学史上留名，但事实上，勃朗特家一共生过五个女孩，此外，人们还常常忽略这五姐妹还有一个兄弟布伦威尔——尽管他沉湎酒精、一生不幸，但他在最知名的三姐妹的人生中也扮演了相当重要的角色。两个鲜少被人提及的姐妹分别名叫玛利亚和伊丽莎白，俩人在幼年就相继因感染肺结核病而去世。在另一个更像狄更斯小说风格的版本中，人们传说她们在去世前曾遭到寄宿学校老师的虐待，俩人被责罚、辱骂，病倒后还不让她们卧床休息。姐妹俩去世后，艾米莉还背了一个奇怪的骂名，人们指责她作为当时学校里最受宠的孩子，面对这种不公平的现象依然保持沉默，不去替姐姐们求情。这

艾米莉·勃朗特
帕特里克·布伦威尔·勃朗特绘

个指控明显是毫无道理的，因为这位《呼啸山庄》的作者当时还不满六岁，比她的两位遭受不公对待的姐姐要小四五岁。这两位大姐之后是夏洛特、布伦威尔，然后才是艾米莉，在她之后则是小妹安妮。这些孩子都活了下来，三姐妹日后都成了小说家，而布伦威尔则成了不那么成功的诗人。在艾米莉三岁时，他们的母亲去世了，孩子们都由爱尔兰出身的父亲带大。勃朗特先生会写布道词，因此对写作并不陌生。家中其他没那么虔诚的成员则开创了讲故事的传统，姐妹们深受爱尔兰传统民俗故事的影响，并为那些幽灵、鬼怪和妖精的故事而深深着迷。这无疑是艾米莉与超自然文化的首次接触，日后在她的作品中，这种超自然的氛围从头到尾都无处不在。

由于其天生沉默寡言的性格，很多人不喜欢艾米莉，觉得她傲慢无礼。在她还是个孩子时，艾米莉就常常只用只言片语回答别人，或者干脆一言不发，因此人们往往离她远远的，她的姐妹们也经常批评她这一点。然而，艾米莉却是父亲最爱的女儿。他曾教她如何使用手枪，还常常带她去练习射靶（艾米莉后来相当沉迷射击）。勃朗特先生原姓"勃伦提"，当他在牛津大学读书时，他（自然而然地）将自己的姓改为"勃朗特"（有可能是因为"勃伦提"在希腊语中是"雷击"的意思）。

他以偏心和严厉的性格而著称,尽管用于证明这一点的资料来源并不十分可靠(有可能是有人出于怨恨留下了这样的记录)。据说,他出于狂热的宗教信仰,曾禁止他的女儿们吃肉,只许她们以土豆为食;还有人说,在一个风雨交加的夜里,他发现女孩子们穿着朋友送的小靴子。他认为这些靴子对小女孩来说太过奢侈,于是把它们全烧掉了。他妻子曾在抽屉里藏了一条丝裙,并没有穿过,只是时不时会看一眼。被他发现后,他把裙子撕得粉碎。还有一次,他用锯子把座椅的靠背全都锯了,把靠椅改装成凳子。如果上述传言属实,那勃朗特姐妹没有像她们的兄弟一样被逼成一个酒鬼,可谓已经表现出色。但无论事实如何,有一点是可以肯定的,那就是勃朗特先生确实深爱他的孩子们,并愿意承担起教育的重任。他会要求孩子们戴上面具,随后与他们进行问答。他相信,孩子们在把脸遮住后,能够更大胆地畅所欲言。他有一次曾问艾米莉,对于布伦威尔不可救药的表现,应该如何应对,艾米莉则回答:"先跟他讲道理。如果他不听,就用鞭子打。"当时艾米莉才六岁,可见她天生性格刚烈。在她大一点以后,有一次,她训斥了自己的狗"奇普",在狗跳起来要咬她脖子时,她一拳打在狗的脸上,当场把狗的双眼打肿了。还有一次,"奇普"与一条流浪犬打了起来,为了分开它们,她直接把胡椒撒进两条狗的鼻子里。由此可见，尽管艾米莉不爱说话，她的性格却很果断。也难怪她的姐姐们因此给她起了一个"少校"的绰号。话虽如此，艾米莉作为全家姐妹中最高的一位，有时却会被后人描述成身体娇弱、病恹恹的人物。有一次，她和姐妹们一起去比利时待了八个月，在这之后家人又开始怀疑她的神志也出了问题。不过在家庭争吵时，姐妹们一向会拿她的精神状态做文章。艾米莉热爱沃尔特·司各特，也是雪莱的忠实拥趸。她沉迷于夜色，经常整晚不怎么睡觉，以享受夜晚带给她的快乐。

艾米莉的姐姐夏洛特费了很大的劲，才说服她出版自己的诗。之后，三姐妹分别以"库瑞尔、艾利斯和阿克顿·贝尔"作为自己的笔名，将各自的第一部小说寄给出版商。当时只有夏洛特的处女作没有被接受，但她随后寄去的第二部小说《简·爱》也获得了成功。《呼啸山庄》获得的评价很高，但当时还没人敢预言这部小说日后会成为文学史上的一部杰作。

1848年，小说出版一年后，艾米莉时常要去"黑公牛"酒馆，将喝醉的布伦威尔设法带回家。她只当兄长的酗酒恶习是日常生活的一部分，没有预见到因此可能造成的危险；夏洛特则对布伦威尔十分看不惯，因此当布伦威尔开始剧烈咳嗽并饱受失眠折磨时，姐妹们都没太当一回事，谁想布伦威尔不久之后便撒手人寰。在他去世仅仅三个月后，艾米莉也离开了人世。尽管家中的一名女仆曾说"艾米莉小姐太爱她的兄长，在他离去后她也因为心碎而死"，导致人们开始猜测兄妹之间是否曾有不伦恋情。事实上，虽然艾米莉在《呼啸山庄》中精湛地描写过这种类似不伦之恋的激烈爱情，在生活中，她却更有可能对这种感情一无所知。

在生病期间，艾米莉再一次地陷入长久的沉默中。她拒绝接受一切治疗，也拒绝接受医生的诊治。尽管病情不容乐观，但她对此听天由命。12月19日，她坚持从床上爬起来，穿好衣服，坐在自己房间的火炉旁，用梳子梳理长而茂密的一头秀发。她的梳子掉进了火中，而她已经虚弱得没有力气把它捡起来了。结果，她的卧室里弥漫着一股焚烧骨头的焦味。之后，她下楼去了起居室，坐在沙发上。她拒绝回到床上躺着，并于当日下午两点在家中去世，年仅三十岁。她没有给后人留下过其他作品。

完美艺术家

1

2

3

写作人：天才的怪癖与死亡

4

完美艺术家　241

5

6

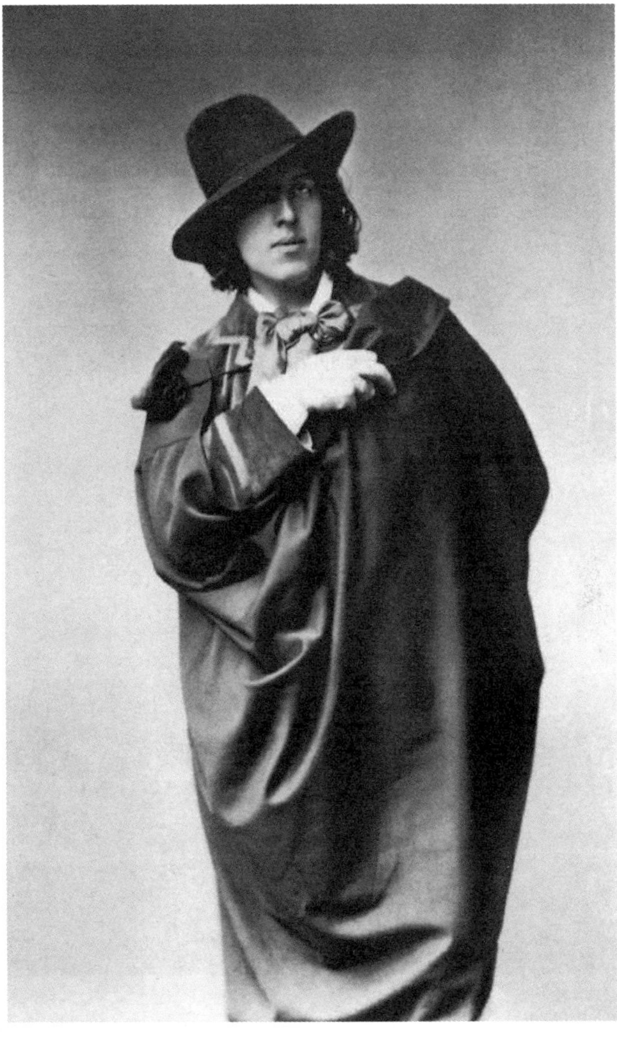

8

9

10

完美艺术家 247

11

12

13

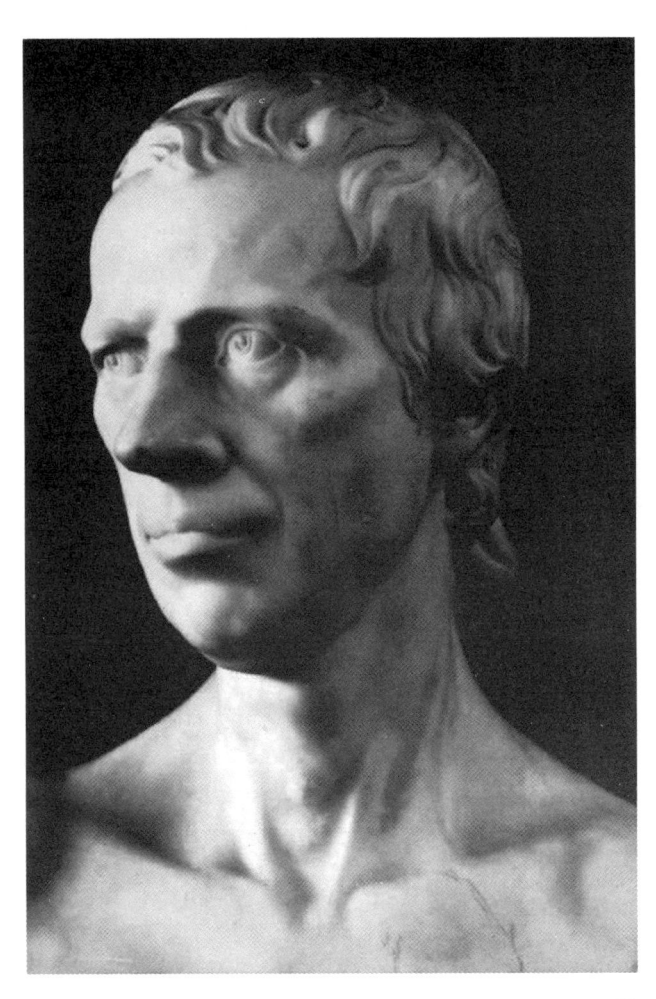

14

15

16

17

18

19

20

21

258 写作人：天才的怪癖与死亡

22

23

24

25

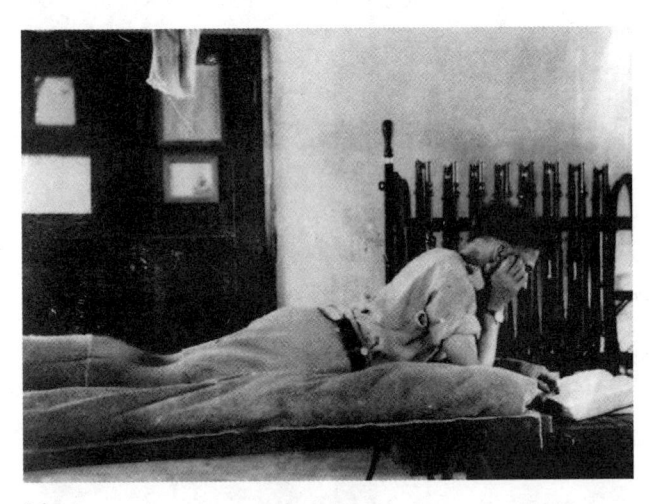

26

27

28

29

30

31

32

完美艺术家 269

33

写作人：天才的怪癖与死亡

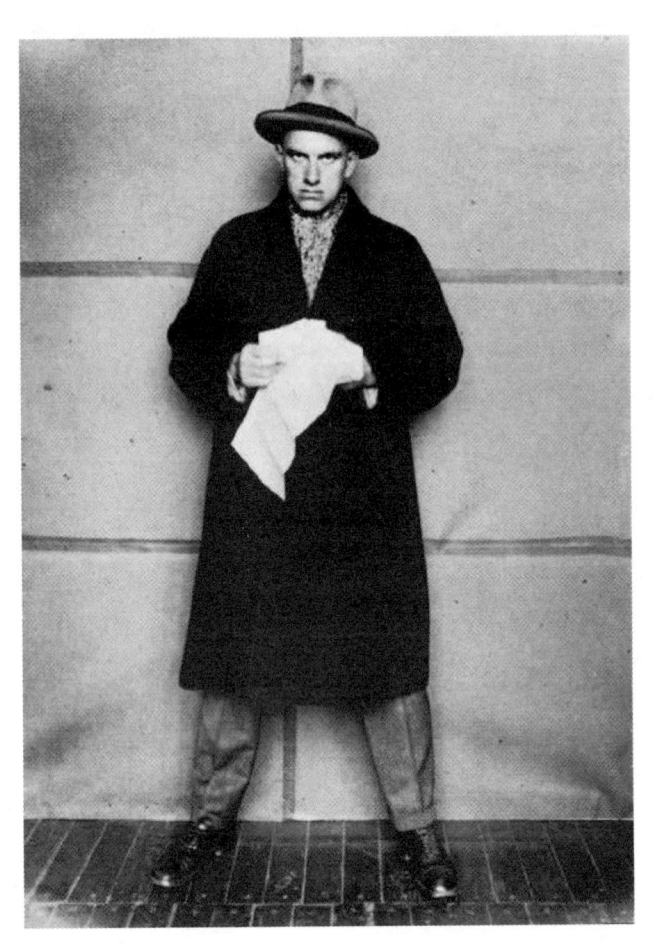

34

35

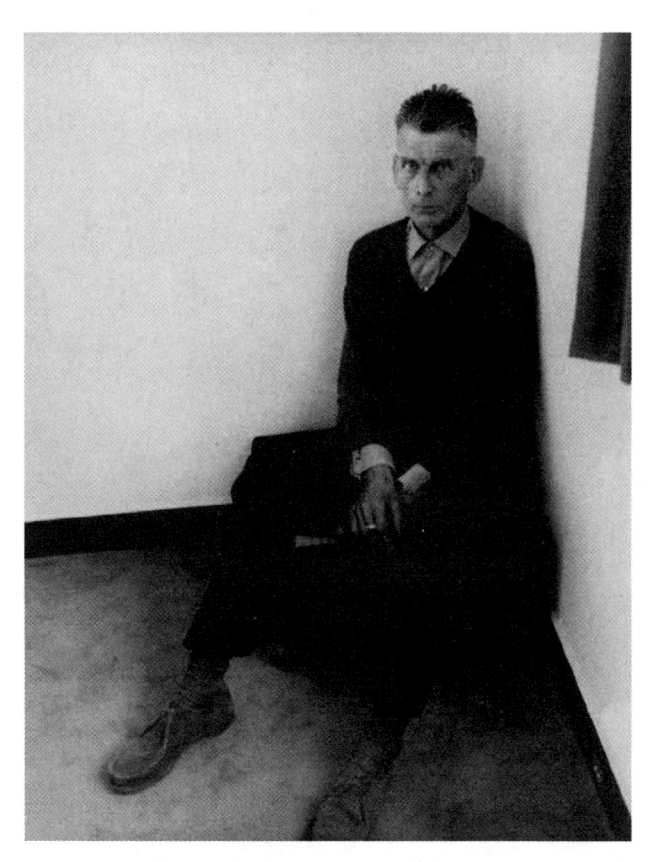

36

37

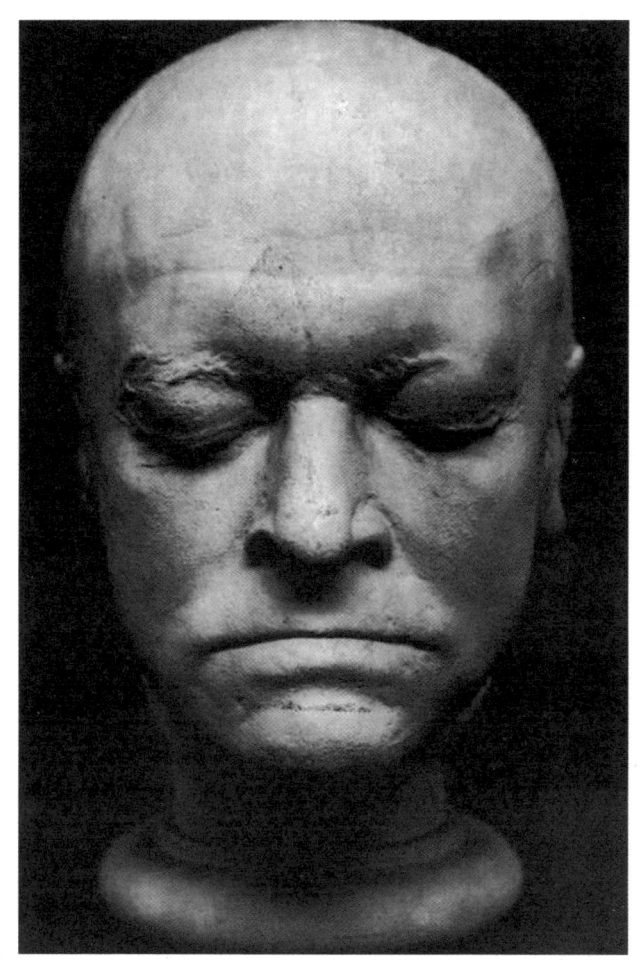

图片说明

1. **查尔斯·狄更斯**，无名摄影师摄
2. **查尔斯·狄更斯在为女儿们读书**，国家肖像馆
3. **查尔斯·狄更斯**，照片，赫伯特·沃特金斯摄于1859年。国家肖像馆
4. **斯特凡·马拉美**，纳达尔摄
5. **斯特凡·马拉美**，油画，爱德华·马奈绘于1876年。法国国家博物馆联盟
6. **奥斯卡·王尔德**，照片，拿破仑·萨罗尼摄
7. **奥斯卡·王尔德**，照片，拿破仑·萨罗尼摄于1882年
8. **夏尔·波德莱尔**
9. **夏尔·波德莱尔**，照片，艾蒂安·卡耶特[①]摄，约1863年作品。法国艺术博物馆/巴黎照片档案馆
10. **亨利·詹姆斯**，油画，约翰·辛格·萨金特绘

---

① 艾蒂安·卡耶特（1828—1906），法国记者、漫画家、摄影师。他曾为巴黎政治、文学及艺术界名流创作了众多漫画和肖像画，并因此而知名。

于1913年。国家肖像馆

11. **亨利·詹姆斯与威廉·詹姆斯**，照片，摄影师不明

12. **劳伦斯·斯特恩**，油画，约书亚·雷诺兹绘于1760年。国家肖像馆

13. **劳伦斯·斯特恩**，大理石胸像，J.诺雷肯1766年制作。国家肖像馆

14. **安德烈·纪德**，无名摄影师摄

15. **安德烈·纪德**，出自罗杰-维奥莱特图片社

16. **约瑟夫·康拉德**，照片，马尔科姆·阿布诺[①]摄于1924年

17. **威廉·福克纳**，照片，Hy·佩斯金[②]摄于1953年。1962年《时代》杂志社刊登

18. **威廉·福克纳**，照片，亨利·卡蒂埃-布列松[③]摄于1947年

19. **豪尔赫·路易斯·博尔赫斯**，照片，格雷特·斯特恩[④]摄于1951年

[①] 马尔科姆·阿布诺（1877—1967），英国著名艺术家、摄影师。
[②] 即海曼·佩斯金（1915—2005），美国摄影师，体育摄影的先驱，其作品被列为20世纪最佳体育新闻摄影之一。
[③] 亨利·卡蒂埃-布列松（1908—2004），法国著名摄影家，被誉为20世纪最伟大的摄影家之一，也是现代新闻摄影的创始人。
[④] 格雷特·斯特恩（1904—1999），德国/阿根廷摄影师。她与丈夫一起帮助实现了阿根廷视觉艺术的现代化。

20. 莱纳·马利亚·里尔克，无名摄影师摄

21. 埃德加·爱伦·坡，无名摄影师摄

22. 弗里德里希·尼采与其母

23. 弗里德里希·尼采，无名摄影师摄

24. T.E.劳伦斯，无名摄影师摄。国家肖像馆

25. T.E.劳伦斯，无名摄影师摄。1927年起由J.M.威尔斯收藏

26. T.E.劳伦斯，无名摄影师摄于约1928年。国家肖像馆

27. 朱娜·巴恩斯，照片，贝伦尼斯·阿伯特[1]摄于1985年。出自阳伞出版社

28. 马克·吐温，出自安德伍德与安德伍德图片社[2]

29. 弗拉基米尔·纳博科夫，菲利普·霍尔斯曼[3]摄。黑斯廷斯美术馆

30. 托马斯·哈代，照相凹版印刷，E.O.霍普于约1913年—1914年制作。国家肖像馆

31. 威廉·巴特勒·叶芝，照片，霍华德·科斯

---

[1] 贝伦尼斯·阿博特（1898—1991），美国摄影师，因于20世纪30年代用黑白摄影表现纽约街头和建筑物而广为人知。
[2] 安德伍德与安德伍德图片社是新闻摄影领域的先驱图片社之一。
[3] 菲利普·霍尔斯曼（1906—1979），美国著名肖像摄影师。

特① 摄于 1935 年。国家肖像馆

32. **T.S. 艾略特**，照片，E.O. 霍普摄于 1919 年

33. **赫尔曼·麦尔维尔**，照片，洛克伍德②摄于约 1885 年

34. **弗拉基米尔·马雅可夫斯基**，照片，亚历山大·罗钦可③摄于约 1924 年。沃克、尤西蒂和麦克吉宁斯图片社及亚历山大·罗钦可后代共同所有

35. **塞缪尔·贝克特**，照片，杰里·鲍尔摄于 1964 年

36. **托马斯·伯恩哈德**

37. **威廉·布莱克**，石膏面具，J.S. 德维尔于 1823 年制作。国家肖像馆

---

① 霍华德·科斯特（1885—1959），英国著名摄影师。
② 乔治·加德纳·洛克伍德（1832—1911），19 世纪的名人摄影师。
③ 亚历山大·米哈伊洛维奇·罗钦可（1891—1956），苏联美术家、雕刻家和摄影艺术家。

完美艺术家

没有人知道塞万提斯的真实长相，也没有人见过莎士比亚到底长什么样儿；在《堂吉诃德》和《麦克白》中只有文本，没有任何关于作者的表情、面容和神色的信息，我们无法从中得知作者的真实面貌，也无法捕捉他们的眼神供后人参照和复制。在后世，两位作家被当作偶像崇拜，但他们在许多画像中的形象都显得眼神游移，表情犹疑不决。那绝非莎士比亚或塞万提斯本人应有的样子。

当看到一部杰出的名作时，读者似乎就会想要一睹写下这部杰作的天才的真貌；如果无缘一见，书中的故事仿佛都会变得离读者更远也更难以理解。在我们这个年代，影像记录已经无处不在，如果作家躲在作品背后不肯露脸，甚至会令读者心生不适，仿佛作家的面容也应该成为他们作品的一部分似的。也许正因为如此，近两个世纪以来的作家们留下了数不清的影像记录，其中既有画像也有照片；得益于此，多年来，我逐渐养成了收集作家肖像明信片的习惯。这些藏品都是随机收集的，逐渐越积越多，迄今为止，我已收集了近一百五十幅作家的肖像。我经常会回顾这些藏品，重温我所熟悉的作家的音容笑貌。在我心目中，我时时回顾的狄更斯、福克纳、里尔克等大作家的形象就是我手头这些照片上的形象，而非来自另一些更精心修饰、更出名的照片中的形象。我的藏品有一个很突出的特点：其中没有任何一张西班牙作家的肖像。因为在我国，大家似乎对作家的形象不感兴趣，市面上也买不到西班牙作家肖像的明信片。在英国则正好相反，仅仅在伦敦一处，国家肖像馆就提供了许多作家的肖像馆藏，我的众多藏品也来源于此。在写作本文时，我仅挑选藏品中有限的一部分再做一番回顾，但这一次我会把我的观察记录下来。我并不奢望从中得出什么经验、查找出什么规律，或能找到哪些作家在容貌上的相通之处。所有这些藏品唯一的共同点，就是所描绘的对象都是作家，而且鉴于这些作家已离开人世，我们也可以说他们都终于升华成了完美的艺术家。

然而我们可能也会注意到，在这些肖像中，很少有作家全身出镜；事实上，大部分作家都只拍了单独的头像照，仿佛那些我们耳熟能详的经典名句都单单只是从他们的脑子里产生，而不是用他们的手写下来的。只有少数作家拍了全身照,画面中的他们或坐或站或躺,通过这些画面多少能看出作家们的身体通常比较羸弱。在这其中,也许只有狄更斯的全身像是一个例外,尽管他在照片中看起来没有精心摆姿势,举止十分日常,但是作家无疑是考虑过造型的,也许最终并未采纳原本的设计。狄更斯的三张照片都是坐着拍的,在其中两张照片中,他都以骑马的姿势反跨在椅子上。第一张照片是他的个人照,这张照片看起来像是刻意摆拍的。作家的手臂搭在椅背上,右手抬起,支着自己的脑袋,以优美、略显忧郁的姿态微微侧头。他在镜头前刻意露出飘逸的眼神,颇具风情,但与此同时,他的眼中又含有一丝坚毅,仿佛正在观看一个他所不喜欢的场面。在照片中,他的头发微微卷曲,留着山羊胡子,裤子上的褶皱不多。在第二张照片中,狄更斯陪着自己的女儿们,正在给她们读书,那本书看上去那么薄,肯定不是他本人的作品。在这张照片中,他也同样反跨在椅子上,椅背在前。连续两张照片都是这样的姿势,自然会令人不由自主地联想到,也许狄更斯一直都是这么个坐姿。在第二张照片中,狄更斯的头发和胡子都花白了不少,发须也不再像过去那样卷翘。在这张照片中他穿着一身家常的衣服,从画面中也能看到他的脚:长得很小。在这两张照片中,狄更斯都坐得笔挺,要么是出于紧张,要么就是因为他本人并不高。在这两张照片中,他的形象都显得出乎意料的严肃,衣冠楚楚、不苟言笑,和我们想象中那个诙谐幽默的作家形象截然不同。他的女儿们崇拜他、尊敬他,能够极有耐心地容忍他的种种怪癖。照片中的他看起来很注意时尚,但我们并不会被这种表象所欺骗。这位写活了匹克威克①、米考伯②、韦勒③、斯诺德格拉斯④等众多人物角色的作者,在一个细节上透露了其诙谐幽默的性格本性:他丝毫不顾忌自己的形象。并不介意岔开双腿,像骑马一样反跨在椅子上。但在第三张照片中,狄更斯并未用这种坐姿出场。这张照片展现了作家智慧和精明的一面。在照片中,作家并没有在假装写作,因为假装写作的动作会显得庸俗,而且也不太好装;事实上,在照片中,他正在假装思考,手中的羽毛笔抵着纸面。在画面中,狄更斯一动不动,似乎正在苦思冥想自己要落笔的下一个句子。他的眼神在迷茫中似乎微微带有一点笑意,这并不奇怪。因为众所周知——他自己也心知肚明——狄更斯下笔很快,他在写作那些长篇巨著时从不会真的停下来思考那么久。

---

① 匹克威克,狄更斯代表作《匹克威克外传》中的主人公。
② 威尔金斯·米考伯,狄更斯代表作《大卫·科波菲尔》中的人物。
③ 山姆·韦勒,《匹克威克外传》中的人物,是匹克威克的侍从。
④ 奥古斯都·斯诺德格拉斯,《匹克威克外传》中与主人公匹克威克一起旅行的同伴之一,一名和气的诗人。

马拉美在画面中拿着一支笔，还未落到纸面上。他确实是在假装写作了，但是他装样子的水平很糟糕：搭在肩膀上的披肩、桌上的一片空白都露了馅。狄更斯在拍照时能够做到无视镜头甚至驾驭镜头，而马拉美则相反，他不但始终在意着镜头的存在，甚至是任由镜头摆布。对他而言，拍照的这个瞬间将会定格成永恒，他在镜头中的表现将会被载入史册，因此他在镜头前看起来完全听命于人。他的眼神看起来仿佛在遵从指示或在等待摄影师的指令，驯服、感激，还有一点带孩子气的憧憬。露出这种目光的这个男人仿佛正在单纯地欣赏着自己被拍摄的过程，就像是在欣赏一首以"-yx"韵脚押韵的十四行诗。而在马奈的油画中，他的形象就显得现实多了。在这幅画作中，马拉美的手中拿的不是笔，而是一支香烟。在前面的照片中，为了等待那个化为永恒的时刻到来，他的左手似乎紧张得没有地方摆；而在这幅油画中，他的左手则习惯性地插在外套的口袋里。油画中的马拉美更年轻、更消瘦；他平静地斜倚着，目光游离；在那个时刻，他还没有开始相信永恒瞬间的存在。

与马拉美相反，奥斯卡·王尔德始终相信永恒，也只相信永恒。因此，他在一张张照片中都在刻意营造永恒。但由于他精于包装自己，他的惺惺作态最后竟能看起来如此自然，会让人忘记这是刻意而为。在拍照时，他最在意的是自己的脸。在这两张肖像中，王尔德迫切地想留下自己最帅气的一面，而且要能够令人信以为真：这种想法和如今的很多广告模特别无二致。在两张照片中，他连嘴角上扬的弧度都是一样的，仿佛他曾对着镜子反复钻研过，才打磨出这个最受认可的角度。这也是他的外貌中唯一能给他增添姿色的一项优势了。奇妙的是，在这两张照片中，从王尔德精心修饰的面庞上完全看不出一丝他性格中戏谑幽默的痕迹，倒是从他的服饰中才能看出他的这种性格特点。在照片中，王尔德的鼻孔放大，看得出他很紧张，紧张到屏住了呼吸。在任何情况下，王尔德都坚信，只有自己的面容和表情能够体现美。因此他对照片中出现的戒指、手杖、发型、手套、露出的皮肤、帽子、斗篷和领结等身外之物都不以为然，那只是他用来吸引观众注意力的道具，随时可以更换；等观众的目光聚焦到照片上后，才能注意到对他来说真正重要的东西：他的眼神、他的面容。毕竟，抛开所有的玩笑不提，王尔德本人是真心追求美的最高境界的。

而波德莱尔对于这一点就没这么在意了。也许是因为他的长相本来就很具有贵族特征，因此他不需要再刻意地苦苦追求美。年轻时，照片中的他看起来头发浓密，眼神冷漠，双手插在口袋里；而在他变老后，照片中的他头发稀少，看起来怒气冲冲的，而且很不耐烦。但是，随着年岁的增长，他身上所散发的那种深思熟虑的氛围也越加浓厚。另外，在两张照片中，他的耳朵都显得引人注目，和他脸上由浅变深的皱纹一样，几乎成了整个画面的焦点。波德莱尔在两张照片中的神情几乎是一模一样的，只是在第二张照片中显得更不近人情、更暴躁。在两张照片中，他看起来都像在等着这项工作快点结束，在拍照的同时看起来已经在思考照片中该出现什么、不该出现什么了。毕竟，波德莱尔生性急躁，别人还在给他拍照时他就已经跑了，也许他根本不在意画面中有没有拍进自己的脸。

亨利·詹姆斯也许同样对拍照不感兴趣，即使在他还留着胡子的青年时期也不例外，因为他早早地就秃顶了。总之，他并没有给后人留下头发浓密时期的形象，只留下了一幅萨金特亲绘的肖像画，画中的形象和他在与兄长威廉·詹姆斯的合影中的形象很类似。在那张合影中，詹姆斯兄弟俩的脸看起来极为相似，从俩人脸颊和额头的形状来看，活脱脱是政治家或银行家的样子。然而在萨金特的油画中，有一个不起眼的细节，揭示了亨利·詹姆斯在他值得尊敬的外表之下，其本质绝非政客或商人。在这幅油画中，亨利·詹姆斯目光忧郁，他的大拇指塞在背心的口袋里，举止局促、紧张，一点也不沉着自如。除拇指以外，他的整只手都挂在口袋外面，看起来十分手足无措。而在那幅照片中，只有他的眼神出卖了他，此外，他还戴了一个活泼的领结，对于这样一个冷漠的人来说，这些小心思体现出一种别致的浪漫特色。但在照片中，亨利的眼神流露出惊人的睿智，远比他那位做哲学家的兄长显得睿智得多。尽管乍一眼看去，威廉的脸看起来更有个性，但这其实是一种错觉，只要对比俩人的眼神就知道了：在照片中，威廉位于画面前方，但他的眼神游离，几乎不为人所见；而亨利在画中虽然位于侧面，但他的目光深邃，似乎在注视着遥不可及的远方。

毫无疑问，一个多世纪以来，劳伦斯·斯特恩在肖像画中留下的眼神之生动饱满几乎是无人能及的。斯特恩对自己的天赋心知肚明，但他并不因此自负。在雷诺兹的这幅肖像画中，他的双手姿态看起来非常放松：右手的食指直抵太阳穴，暗示着他的天才智慧；左手搁在腿上，坐姿端正。他的整个姿势随意而放松，对自己充满自信，与马拉美的那张肖像有天壤之别。他的胳膊肘随意地压在几张书页上（由于这张照片的缘故，他在有生之年会永远记得那几张纸），唇上流露出一丝狡黠的微笑。那种胸有成竹的笑容意味着，当他的交谈者停下来等他回应时，他已经做好了回答的准备。在照片上，他看起来正礼貌地聆听着某个言辞没他利索的人在讲话（同时等着轮到自己开口）。与此相反，他的大理石胸像则是一幅将他过度偶像化之后的失败之作。胸像中的他留着罗马式发型，身体的裸露前后不对称，而这些细节又与他如炭火燃烧似的双眼和巨大的鼻子格格不入。胸像中的他看起来与肖像画中那个轻松惬意的男人截然相反，事实上，在这幅胸像中，他的表情看起来似乎永远不能休息，尽管是一幅在大理石中凝固的形象，他看起来依然呼吸紧张。

和之前的亨利·詹姆斯一样，纪德在自己的照片中也将拇指插在口袋里，这个动作所代表的意义却与詹姆斯的那张截然相反。在纪德年轻时的这张照片中，他蓄着胡子，披着斗篷，戴一顶帽子，姿态显得轻狂傲慢，甚至有一点无礼，像一个热衷决斗的狂人。他的眼神显得刻薄、轻蔑，神色难以捉摸，而他的整个形象（包括高高竖起的领子、他的胡子，以及那种坚定的步伐）都显得棱角分明、锋芒毕露。然而神秘的是，在他年长时的一张照片中，所有这些特质都已荡然无存。在后一张照片中，我们只看到一个宽宏大量、充满悲哀的老人，只有在他那副形状较好的薄唇中，才能看出一点他性格中的坚毅的痕迹，而这一印象又被他柔和的眉形和被眼镜所缓和的目光冲淡了不少。在镜片后面，他的目光本是满怀怜悯、苦恼而忧伤的。如果你将两张照片分开看，你会发现，在任何照片中，纪德都显得十分神秘，尽管他本人在日记中对自己有过深入的剖析。而如果你将两张照片放在一起看，你会发现自己面对着一个不解之谜。

纪德翻译过的作家康拉德在自己的照片中显得表情十分严肃。在这张照片中，他坐在一把安乐椅上，两手仿佛不知道该往哪儿放，只好将一手握拳，另一手摊开盖住它，好把拳头藏起来。他对自己的外貌十分关心，看起来仿佛是因为他不太习惯穿得这么正式——也就是说，他平时很少有机会穿得这么干净体面。在这个瞬间，康拉德的形象看起来确实是值得尊敬的，说明尽管经历了长期的流浪和四海为家的生涯，他的本性依然高贵。在照片中，他的胡子看起来精心护理过，但依然显得十分刺人；这种尖尖翘起的三角形的胡子形状，揭示了他不可能是一个土生土长的英国公民的事实。他的睫毛稀疏，眼神显得十分严肃，看起来仿佛是一个无辜者正在接受审判。或者，这只是单纯的东方式的眼睛。

威廉·福克纳并没有东方血统，但他的眼睛看起来也与前者相类似。在这张照片中，他身着盛装，雪白的头发梳得一丝不苟，身上那块手帕太抢镜，看起来活像一个婚礼上的伴郎。在照片中，他的额前皱纹遍布，让人不禁产生一种错觉，觉得他之前正想一枪崩了自己未来的女婿，好不容易才放弃了这个念头。但他的左手仍做出像是紧握步枪枪杆似的动作，表情坚定，充满决心，仿佛随时可以开枪。而在第二张照片中，福克纳撩起衬衫的一侧袖管，几只小狗环绕在他的身边，但整张照片的氛围看起来一点也不随意，完全没有营造出画面该有的那种田园牧歌式的平和气息。和第一张照片中紧绷着的额头一样，他的整个外貌都流露出一种严肃的气氛，后颈收拾得干干净净，完全是一个腼腆、不善交际的人物形象。在两张照片中，他的表情看起来都好像是刚听说某个令人讨厌的访客不合时宜地即将到访，而他甚至都不想和对方说话。毫无疑问，福克纳宁可与他的狗待在一起，或者直接去参加女儿的婚礼，就算是不带枪。

可怜的博尔赫斯在照片中显得耐心而满怀歉意：在拍摄这张照片时，五十三岁的他坐在一把凳子上，取下了眼镜——不是出于礼貌，而是为了帮助摄影师完成他的工作，确保他拍下的照片万无一失。在照片中，他显得手足无措，只能把刚摘下的眼镜捏在手里。他看起来是如此没有心眼，甚至有点幼稚，又欠缺别人的指导。他没有意识到，既然坐在凳子上，就该挺直背脊或者随意地交叉起双腿，也没有注意到，他刚取下的眼镜至少应该藏到镜头里拍不到的地方去,更没有发现,他把外套这样一丝不苟地扣上,未免显得太过一本正经了(我觉得那件外套是红棕色的)。他打扮得很体面,但这张照片看起来有点像在星期天照的。而他的双眼,虽然从照片中看起来仿佛忽然从近视中恢复了似的,却仍在预示着我们所周知的他的命运:没有眼镜,他其实什么都看不见。也正因此,画面中的他其实没有在看向任何地方。

里尔克的容貌看起来与大家想象中的不同。他的性格复杂,在生活中的种种习性令人不堪忍受,幸好他是一个伟大的诗人,大家才能容忍他的这些缺陷。在照片中,他的表情看起来充满凶相,眼窝深陷,稀稀疏疏的胡须耷拉着,令他的外表有一种奇怪的蒙古人的样貌。他的眼神冷漠,斜眼看人的方式甚至显得有点生性残忍。与康拉德那种不知所措的样子正相反,里尔克在照片中将双手规规矩矩地交握在一起。他的服装体面,领带和衣料质量上乘。只有从他的姿势和着装中,才能看出一点轻松休息的氛围,稍微减轻了一点他给人留下的冷酷感。画面中的他仿佛一名野心勃勃的医生,刚在自己的实验室里进行了某些不可告人的禁忌实验,现在正在静待实验结果。

与那张照片相反,命运多舛的爱伦·坡在他的肖像照中则是一副人畜无害的无辜模样，尽管他的眼神看起来有点凶恶，前额凸出，稀疏的头发显得乱蓬蓬的。他像拿破仑那样把一只手藏在胸口，但为此他解开了外衣上的四粒纽扣，显得有点过分了。尽管如此，他也许仍然自信自己在照片中留下了一个好形象：一个单纯的人，穿着他最好的衣服，尽管那衣服也早已破旧了。

爱伦·坡的这个形象无疑与尼采师出同门：在尼采的照片中，他也同样是一副不修边幅的样子。照片中的他左手拿着一顶车夫帽，另一只手臂紧紧勾着他的母亲，当时，他似乎还没有认清他母亲刻薄的真面目，依然对她至少保持着尊敬之情。在照片中，尼采的头发和胡子都显得乱蓬蓬的，身上的外套看起来像是从某个亲戚那里借来的，尺寸比他自己的身材大了一号。而在另一张他的个人照片中，他看起来把自己收拾得干净了一些：外套的尺寸更合身，胡子精心修饰过，发型也显得没有那么狂野。尽管画面中他的头发看起来湿漉漉的，却依然有些上翘，看起来似乎是他为了拍照的那一瞬间，刚把头发从额前拂开。他的右手紧紧地支着下颚，表情显得神色匆匆：整个构图看起来仿佛像是用大头针勉勉强强钉在一块儿似的。

T.E. 劳伦斯在照片中看起来则远没有那么做作。照片中的他还没有成为"阿拉伯的劳伦斯"，那时的他还仅仅只是英国皇家空军的一名叫"罗斯"或者"肖"的士兵，与他日后被偶像化了的那个假大空的形象显得截然不同。在还没有名人光环的那个时代，他仿佛都不知道在镜头前应该怎么站；在照片中的他站立着，抬起右臂，右手支着下巴，左臂横放，左手则紧紧抓着自己的胳膊肘。在这第一张照片中，他显得身材矮小，身上的裤子显然有点太短，令人不由得联想到斯坦·劳莱①的喜剧形象。第二张照片中的他双腿瘦巴巴的，身板狭窄，似乎连呼吸都能惹人怜悯。在这张照片中，他的手又一次放在不该放的位置上，为此他必须将一手放在背后扭转手臂。他的整个形象看起来非常平凡，而事实上，这也正是他本人所向往的：成为一个普通士兵，一名无产者。在第三张照片中，他正趴在一张行军床上看书，在照片中明显地露出了他的后颈。这是少数几个他并不痛苦的瞬间之一，尽管这一时刻也许在他的作品《铸造》②中并未加以描述。

在这些藏品中，朱娜·巴恩斯的这张肖像照尤为引人瞩目。照片中的她围着一条美丽的头巾，肩上披着大衣。她的姿势很刻意，穿着打扮也很刻意，但这只是她日常生活的延续而已。朱娜·巴恩斯不像王尔德那样坚

---

① 斯坦·劳莱（1890—1965），英国喜剧演员、作家和电影导演。
② 《铸造》，劳伦斯所写的一部描写皇家空军生活的小说。

持要展现甚至假装自己的美,因为她心知肚明,自己并不算美,也不相信自己能装出一副美貌的样子。因此在这张照片中,她完全没费心去修整自己的容貌,只是略带讽刺和怀疑地看着镜头。她对自己的自信,更多的是来自身上的华服(尤其突出大衣竖起的领口)和自己姿态上的平衡性。她的领子不是用来装饰,而是用来保护她的:她对自己的名声比对外貌要看重得多。

而马克·吐温和纳博科夫在镜头前就没那么害羞了,俩人甚至反而有点过于奔放。在马克·吐温的肖像照中,他身着衬衣或长袍,卧在床上埋头写作。在这种情况下,人们会觉得,与马拉美或狄更斯的照片不同,马克·吐温确实是在奋笔疾书、遣词造句。这张照片甚至不是摆拍,因为他没有那个时间可以浪费。这张照片给人的印象,是他有可能并不知道有人正在拍他,也有可能他知道,但全然不在意。他的床上理得整整齐齐的,床和枕头都很平整,不像通常病人的床那样乱七八糟。看着这张照片,观者甚至会觉得也许马克·吐温的一辈子都是在床上度过的呢。

纳博科夫则在拍照这件事情上开起了玩笑,他不愿显示出自己是在认真拍照的样子,照片上的表情充满发现意外收获的喜悦与激情。但他竟然愿意在照片中露出自己伤痕累累、形状可怖的双膝,还戴了一顶帽子,对于一个永远不会真正成为一名美国人的移民来说，这帽子显得很不合时宜。他穿着一条齐膝短裤，看起来好像正在抓蝴蝶，他的衬衫口袋里却鼓鼓囊囊地塞满了羽毛笔、眼镜等物品。显然，在任何情况下，身上带着这些东西去抓蝴蝶都是不合适的。照片中的他年事已高，但从他容光焕发的面容中完全看不出这一点，只有他身上那件开襟羊毛衫才能出卖他的年纪。更何况，没人会在抓东西的时候，另一手还倚在臀部上。

在所有这些藏品中，如果说朱娜·巴恩斯的肖像照最为光彩夺目，劳伦斯最像一个普通百姓，那托马斯·哈代则无疑是最像农民的一个。除去亨利·詹姆斯以外（他代表另一种极端），在所有这些人中，哈代与传统作家的形象显得最为格格不入——至少，从他晚年时所拍的这张照片来判断的话。在照片中，哈代穿着厚厚的系扣羊毛外套，皮肤四处开裂（仿佛木头似的），他的睫毛稀疏，眉毛浓密，胡子像一把稻草，看起来像一名乡村医生。画面上他神情不满，仿佛在见证了众多见不得人的阴暗历史（"生活的讽刺"，他曾这样定义）之后终于要不情不愿地被迫退休了。在这个时期，哈代已经不再写作散文，而是改写起了诗歌，但他看上去一丁点都不像一个诗人。想想此后他还有十四年可活，一想到他那已经遍布皱纹的皮肤届时会变成什么样儿，就令人不禁心生惊惧。也许我们更应该相信，作为一个农民，他可能从年轻时起就已经是这样满面沧桑的了。

而无疑有着"诗人相"的作家则是叶芝，尽管在这张照片中，他的头发已经花白，人们很难将这个年迈的老者与诗歌写作的工作联想到一块儿。但在这张照片中，我们能看到一位见识卓著的智者的形象，照片中的人物显得个性如此强烈，对自己的所思所为都充满自信：就是这样一张威严的脸。在照片中，他的发色接近金色，略微卷曲，这发型令他看起来没有那么老，也令他的整张脸变得更加生动而富有活力：叶芝是个精力十分充沛的人。他深色的眉毛同样引人注目，他极具穿透力的目光则隐藏在镜片之后，只能隐隐地瞥见；同时，他紧抿双唇，仿佛正要发声。

与叶芝的情况相反，艾略特在自己的照片中显得很像一个散文作家，就算不是——开玩笑地说——像一个银行职员。而我们都知道，艾略特确实在银行工作过。他十年如一日地梳着同样的发型，毫不介意他剃得如此平整的发型使他那对显眼的招风耳完全暴露在外：他知道那是他最具个性的外貌特征。艾略特行事风格谨小慎微，追求完美，他平时早就习惯了精心打扮，把自己收拾得干干净净对他来说绝非难事。在照片中，他的目光显得沉着稳重、坚定不移，是世间秩序的坚定拥趸，他自己也会助力维护这种秩序。然而，他的整张脸近乎散发着一种奇异的希望光芒，也许这也是为什么他同时还能成为一个创作者的原因。

老实说，麦尔维尔的照片则有点令人失望。他看起来就像他本人的拙劣仿制品，看着照片中的这个男人，我们可以担保他肯定能写出《白鲸》那样的作品，但也许不那么确定这个人同时也会是《录事巴托比》和《水手比利·巴德》①的作者。在照片中，他的胸廓被遮没在一片阴影中，或者是被刻意擦除了，好让画面更加聚焦于他脸上唯一的焦点上：那就是他那长长的、家长式的——极为家长式的大胡子。这位尊贵的绅士拍摄肖像的时间与王尔德拍他那两张肖像的时间完全一致，他的形象却全然是王尔德的对立面。在画面中，他留着灰白色的短发，略略卷曲，双眉的颜色略深，眉头明显地紧皱着，他的左眼眼神阴暗，右眼眼神则充满权威，身上穿着一件朴素的外套，外套上仅有一粒纽扣，扣在极高处。所有这一切构成了一个暧昧不清的形象。在这张照片中，麦尔维尔就像一位祖父、贵格会教徒、朝圣者或民族英雄，甚至更糟糕：他就像他自己作品中的一个代表性的角色。

---

① 均为麦尔维尔的代表作。

与之相反，马雅可夫斯基虽然眼神比较凶，但在照片中显得没那么专制，反而有点无依无靠的样子。画面看上去就像从电影中凝固的一个瞬间——而且更像美国电影而非俄罗斯电影——他看起来就像一个被依法逮捕的重大罪犯。照片是背靠着墙拍的，看上去就像一个人民的头号公敌，或者向一个正要实施万无一失的街头犯罪前被团团围困起来的敌人，有待经受审判。他的手中拿的不是画面上应该出现的武器，而是几张纸，这几张纸也是整个画面中显得最为格格不入的物件。可惜的是，这几张纸不是诗稿，而是几本宣传册子，也许是他在上讲台发表公众演讲之前正在看的。他是个脾气暴躁的人，看起来很不喜欢被人打扰，但他在照片中岔开双腿站立的架势，却也显出一股即便千疮百孔也绝不放弃或屈服的劲头。但在画面中最抢眼、最引人注目的则是他的鞋子，连他烫得笔挺的裤脚也被鞋面稍稍盖住——这双鞋看起来像可以一直穿到死的那种。

在贝克特的照片中，鞋子同样占据了画面的中心。在画面中，鞋子的主人像坐在地板上或缩在一个角落里，仿佛被自己的鞋子给吓坏了。他也是一个不喜欢被人打扰的人，不过至少他对此有所准备：在画面中，他右手拿着一支香烟，左手上戴着一只手镯而非手表作为装饰，与他一贯给人的简朴印象有点不符。他在着装上没有什么特别的,只是袖口看起来活像一副手铐。如果不是因为那双巨大的鞋太过抢镜,画面上最引人注意的本该是贝克特的头和他那双鹰一样的眼睛——就像他的其他照片一样。在照片中,他用充满野性的眼神直直地看着镜头,仿佛无法理解凝固这一永恒瞬间的意义,又仿佛不能理解为何有人会愿意给他拍这样的一张照片。贝克特过世还没有多久,也许正因为如此,我觉得他的眼神比其他人的看起来更为鲜活。

同样过世没多久的作家还有托马斯·伯恩哈德,目前市面上还没有他的明信片售卖,但这张照片看起来也和明信片差不多,而且是我的所有藏品中最动人的一幅。贝克特尽管外貌平平,长相略显粗犷(但随着年纪的增长,他的容貌看起来柔和不少)。从他长长的鬓角,我们可以大致判断出照片是什么时候拍的。照片中他的目光柔和,这使得他的脸成为所有这些肖像藏品中最为善良、幽默、善解人意的形象之一。在照片中,他的左手轻抚着脸颊,这姿势乍一看似乎显得有些矫揉造作,但这种印象很快就会被冲淡,因为他将自己的小指轻轻点在嘴唇上,看起来似乎正在专注地凝神静思。他的目光中没有惊讶,却充满求知欲,这目光会使人不由自主地忽略他醒目的秃顶和大鼻子。"所以就是这样了。"他警觉的目光仿佛在说。

在所有这些肖像画中死得最透的则是威廉·布莱克，我们这里说的不是他本人，而是他的这幅石膏面具。然而，该面具实际上并非是从他的尸体上复制下来的，而是在他活着的时候就已经做好了。这张明信片上写着：真人石膏面具，1823年。比他真正去世的时间早了整整四年。就像其他作家在拍照时会假装自己在写作或在思考一样，威廉·布莱克在假装自己死了。但他装得并不怎么像样：如果你自己把这个面具搁在台座上仔细观察，就会注意到，真正的死人不会像他这样，那么用力地紧紧闭着眼睛，一看就知道他明明还能睁眼视物，只是故意不睁开而已。他的鼻孔一看就知道是在屏住呼吸。他的额头绷得紧紧的，仿佛能看到额上脉动的血管。石膏面具没有做他的嘴唇，只用一笔干脆地划出一道长长的线，充满紧张感。布莱克在还活着的时候就假装死了，如今他真的死了，却仍在继续愚弄我们：他掌握了自己的身后事。在他身上呈现出生与死的组合，因此，这幅肖像也就成了所有艺术家肖像中最完美的一幅。

后记：老年人的娱乐[1]

歌手波琳·维亚尔多——又名加西亚——曾与伊凡·屠格涅夫交好多时，但对他的态度始终不冷不热（俄罗斯作家本人对她倒是十分殷勤，曾提议将俩人的情侣关系升级成夫妻关系。但维亚尔多太太从未彻底离开过维亚尔多先生）。她有一次曾经评价伊凡·屠格涅夫为"人类之最悲哀者"。由此可见，尽管屠格涅夫与他的挚友福楼拜之间有着长达十七年的深厚友谊，但波琳·维亚尔多对后者的了解十分肤浅。若她对福楼拜有更进一步的认识，也许她就会把这个评价送给这位《包法利夫人》的作者，而非自己那个备受挫折的失意恋人了。

如果读过两位作家的《书信集》[2]，读者会感觉到，与波琳·维亚尔多的描述正相反，至少从俩人的通信来看，"人类之最悲哀者"却更像一个世俗、世故、热衷

---

[1] 本文首发于1992年3月14日《国家报》图书栏目副刊。
[2] 西班牙语版由蒙达多利出版社出版。丹尼尔·拉卡斯加德、弗朗西斯科·迪亚兹·德·科拉尔合译。

都市生活，甚至有点轻浮的人。而与此同时，福楼拜只在他故乡鲁昂附近的克鲁瓦塞的家中闭门不出，顶多去巴黎和他的同辈们相聚几日，或去阿尔卑斯山度几个星期假，领略一番"与我们这样的人不相称"、"对我们来说过于庞大而不实用的存在"。与此同时，屠格涅夫却像一只动作敏捷的松鼠一般在欧洲四处乱窜，从莫斯科、巴登-巴登、柏林、苏格兰、牛津或圣彼得堡等各个不同的地方给他的朋友寄信。其中有些旅行有正经目的，比如去处理财务问题或去领取某个荣誉博士学位，但其他的旅行则纯粹只为打发时间：他会参加一些贵族组织的猎鹧鸪和松鸡的活动，这些贵族热衷打猎，手指总是蠢蠢欲动地想扣在扳机上。而福楼拜却宁可把时间都花在硬啃那些浩瀚无限的书卷上，他唯一的爱好就是整理自己的那些小说和短篇故事集，像是为了完成一项功课。由于他每每需要花费数小时、数日、数周甚至数月才能写出一个能令自己满意的章节，他所拥有的闲暇时间确是所剩无几。在他的信中，他频繁地抱怨自己的写作工作；有时候，他会在书桌前耗费十来个钟头陷入纠结，试图解决自己给自己设置的障碍，但最终离成文仍是遥遥无期。在《布瓦尔与佩居榭》[①]写到一半的时

---

① 《布瓦尔与佩居榭》是福楼拜一部未完成的讽刺作品，在他去世后出版。

候,他曾绝望地计算过,自己已经花了两年时间,依然没有摆脱书中那些愚蠢的人物。而屠格涅夫则与他相反:他很少在信中聊自己是何时、如何写出那么多有待出版的作品的,而且在写作之余他竟还能找到时间把他朋友的作品翻译成俄语。

但在这部书信集中最动人的还是福楼拜对他的旅人朋友的那些温柔的责备。在信中,他批评屠格涅夫来访得不够频繁。后者不是因为被痛风所折磨,就是因为要去猎松鸡(或者要去陪维亚尔多,甚至要去参加某些聚会),而屡屡推迟既定的克鲁瓦塞之行,古斯塔夫·福楼拜则对此深表遗憾:"尽管您日程繁忙,但我只求您来陪我一个下午。而且我相信这不会是您最后一次这样对我。"他在信中严厉地批评道。或者他会说:"您不能想象我在思想上的孤单……全世界只有一个人能与我相谈甚欢,而那个人就是您!所以请您保重,不要再像之前那样令我失望。"甚至是堂堂正正地严词责备:"您在数月以前就保证会来看我,而您却屡屡食言;就算偶尔来访,我本以为总算能与您相伴一阵子了,您却又没过多久便再次离去。不,不,这样很不好。""像我们这样关系非比寻常的挚友,竟然只见过寥寥数面,这太愚蠢了。"在他去世前几个月,他甚至对屠格涅夫这样说过。

而实际上，福楼拜自己也不愿意出门，而且很不合作。他很讨厌去巴黎旅行。1879年，西班牙人为穆尔西亚遭受洪灾的灾民募集捐款，在巴黎组织了一场慈善聚会，邀请福楼拜参加时他是这样回复的："我不会仅仅为了一些西班牙人而去巴黎跑一趟的，那样太愚蠢了。"他对自己的一个朋友说得更加明确：为了摆脱此事，他号称自己既不会跳博莱罗舞，也不会弹吉他（时至今日，穆尔西亚人仍因此事而对这位知名作家怀恨在心）。

然而，屠格涅夫似乎不是出于无礼或恶意而故意要摆架子。当他终于来到克鲁瓦塞时，他与福楼拜聊个没完，还耐心地听他长篇累牍地朗读自己正在创作的篇章。在周游世界之余，他还不断地通过铁路运输给福楼拜邮寄各种纪念品。俩人曾连续往来了四五封信件，讨论俄罗斯作家（屠格涅夫）寄给法国作家（福楼拜）的一件俄罗斯睡袍，这些信件堪称全书中最动人的篇章之一。"等我看到那件著名的睡袍时，我估计会感激到流泪的。"福楼拜写道。"我曾希望能够到克鲁瓦塞把这件睡袍亲手交给您……请告诉我您是否收到了。"屠格涅夫回复道。当这件著名的睡袍终于送到福楼拜手里时，他的激动之情溢于言表，比他写任何政治评论或文学作品时都更热情洋溢："这件服饰令我陷入了对专制政权及穷奢极欲的生活的遥想之中。我想赤身穿上它，摇身一变成切尔克斯人①。尽管眼下暴风雨肆虐，天气十分闷热，我还是立即穿上了它。"说不定在亨利·詹姆斯那次著名的拜访中，他穿的睡衣就是这一件。当时，福楼拜穿着睡衣接待亨利·詹姆斯，引发了巨大的丑闻。詹姆斯认为穿这样的服装待客简直是伤风败俗，由此他认定福楼拜的作品一定同样地可憎，因为毫无疑问，它的作者所有事情都是穿着睡衣做的。这样的人还有什么药可救呢？

我们可以注意到，福楼拜与屠格涅夫很少在信中谈到文学（他们既不讨论自己的作品，也不讨论别人的）。在俩人的书信往来中最有趣、最引人入胜的段落多少都和他们日常的家务事有关。确实，在相识之初，为巩固信任，俩人曾不遗余力地互相吹捧。但事实上，即便在友谊日渐稳固之后，他们仍出自本能地互相赞美。"多伟大的艺术啊！"一个人会说。"多了不起的心理描写！"另一个人说。"多么坚定的力量啊！"俩人异口同声地说。他们时不时地会对左拉评头论足，议论他那些古怪的观点，同时不怀好意地对他的失败悄悄表示幸灾乐祸。屠格涅夫给他的朋友寄去过一套《战争与和平》，面对如此大部头的书册，福楼拜一开始表示懒得读，之后，他

---

① 切尔克斯人，西亚民族，主要分布在俄罗斯、土耳其、叙利亚、约旦和伊拉克。

充满热情地读完了前两个部分，但对第三部分多有诟病。据他表示，最后这个部分愧对杰作之名："情节重复，充满哲学思辨。"他曾生气地评价道。而对于自己的弟子莫泊桑，福楼拜不太爱读他的作品，却喜欢津津有味地听他讲他那些惊人的冒险故事。"莫泊桑在最近给我的信中提到，他在三天时间内做爱十九次！"1877年的一天，福楼拜十分敬佩地写道。"这很好，"他又补充道，"但我怀疑这样下去他会把自己的精子榨干的。我的好朋友啊，我们可做不了这样的事儿！"

当时，两位好友已年近六十，尽管在有些方面，俩人对自己的年龄仍能一笑置之（"前几天，一个来自布雷斯特①的家伙因暴力侵犯自己的三个女儿和一个十六岁的儿子，在坎佩尔②被罚作苦役。这是什么体力！想必我俩可没有这么厉害的体能"），但在有些时刻，他们仍能感受到死神临近的脚步。"我的状况糟糕极了，"屠格涅夫写道，"……我感觉如此苍老无力，疲惫不堪，备受痛风的折磨，一片昏暗而忧郁的阴影降临到我头上，仿佛在给予我们某种警告……这些瞬间就像死神给我们寄来的问候卡片，好提醒我们不要忘记它。"如果

---

① 布雷斯特，位于法国布列塔尼半岛西端，是布列塔尼大区菲尼斯泰尔省的城市。
② 坎佩尔，法国西部城市，布列塔尼大区菲尼斯泰尔省省会。

对俄罗斯作家屠格涅夫来说，痛风是他最大的敌人（他在约有八成信件中翻来覆去地提到此事），福楼拜则对自己的时代深感不满，并想尽力避免智力退化。但我们都知道，有时候怕什么就来什么。"我对一切都感到厌烦，尤其讨厌我自己。有时候，我会觉得自己正在变成一个痴呆，脑子里像一个空的啤酒瓶一样空空如也，什么都想不出来。"

福楼拜比屠格涅夫年轻三岁，却比他早了三年去世。屠格涅夫晚年在去世前备受病痛折磨，有一次他甚至请求莫泊桑下次来看他时给他带一把自尽用的手枪。但就在福楼拜去世前的六个月，俩人还兴致勃勃地往来了数封信件，讨论屠格涅夫通过铁路运输寄送的一个新的邮包。"慷慨的人儿啊，"福楼拜写道，"我还没有收到您寄的鱼子酱和三文鱼。您是通过哪个邮政通道寄出这两个罐头的？焦灼的情绪啃噬着我的胃呢。"屠格涅夫闻言开始担心："真遗憾三文鱼丢了，它那么美味。"但最后，包裹还是顺利抵达了，状态良好："昨晚我收到了罐头。三文鱼真是棒极了，鱼子酱更是令我陶醉到大喊出声。我们什么时候能一起享受这些美味？……您要知道，我几乎不配面包都能吃掉这些鱼子酱，就像吃果酱似的。"

俩人没能再次聚在一起共享美味。事实上，他们从来都是聚少离多。但读着俩人的通信，我们仿佛能感觉到他们最终实现了屠格涅夫的提议——那一次，他曾出于不祥的预感，忧郁地对福楼拜说："是的，哎！我们都已经老了，我的朋友啊！这点不可辩驳！"随后他说："至少，我们要像老年人那样自娱自乐。"

参考书目

FAULKNER, John: *My Brother Bill*, Gollancz, Londres, 1964.

FAULKNER, William: *Essays, Speeches and Public Letters*, Chatto & Windus, Londres, 1967.

—, *Mayday*, University of Notre Dame Press, Notre Dame, 1978.

—, *Selected Letters* (edited by Joseph Blotner), Vintage, Nueva York, 1978.

—, *Helen: A Courtship & Mississippi Poems*, Tulane University & Yoknapatawpha Press, Nueva Orleans, & Yoknapatawpha, 1981.

COWLEY, Malcolm: *The Faulkner-Cowley File, Letters and Memories, 1944-1962*, Penguin, Harmonsworth, 1978.

—, *Writers at Work, First Series*, Penguin, Harmondsworth, 1977.

MERIWETHER, James B. & Michael MILLGATE, (editors), *Lion in the Garden, Interviews with William Faulkner, 1926-1962*, University of Nebraska Press, Lincoln, 1980.

FORD, Ford Madox: *Return to Yesterday*, Liveright, Nueva York, 1972.

—, *Portraits from Life*, Houghton Mifflin, Boston, 1980.

—, *Memories and Impressions*, Penguin, Harmondsworth, 1979.

—, *Joseph Conrad, A Personal Remembrance*, The Ecco Press, Nueva York, 1989.

RUSSELL, Bertrand: *Portraits from Memory and Other Essays*, George Allen & Unwin, Londres, 1956.
CONRAD, Jessie: *Joseph Conrad As I Knew Him*, Garden City, Nueva York, 1926.
CURLE, Richard: *The Last Twelve Years of Joseph Conrad*, Garden City, Nueva York, 1928.
—, *Joseph Conrad, A Study*, Kegan Paul, Londres, 1914.
CONRAD, Joseph: *Conrad's Prefaces*, Dent, Londres, 1937.
—, *The Mirror of the Sea, Memories and Impressions*, Methuen, Londres, 1926.
—, *A Personal Record*, Nelson, Londres, sin fecha.
—, *Congo Diary and Other Uncollected Pieces*, Garden City, Nueva York, 1978.
SVENDSEN, Clara (editor): *Isak Dinesen, A Memorial*, Random House, Nueva York, 1965.
DINESEN, Isak: *Letters from Africa, 1914-1931*, Picador, Londres, 1983.
—, *Daguerreotypes and Other Essays*, Heinemann, Londres, 1979.
—, *On Modern Marriage and Other Observations*, St Martin's Press, Nueva York, 1986.
BLIXEN, Karen: *Out of Africa*, Penguin, Harmondsworth, 1979.
VAN VECHTEN, Carl: *Letters* (edited by Bruce Kellner), Yale University Press, New Haven, 1987.
BJØRNVIG, Thorkild: *The Pact, My Friendship with Isak Dinesen*, Souvenir Press, Londres, 1984.
PLIMPTON, George (editor): *Writers at Work, Fourth Series*, Penguin, Harmondsworth, 1982.
JOYCE, Stanislaus: *My Brother's Keeper*, Faber & Faber, Londres, 1982.
JOYCE, James: *Scritti italiani*, Mondadori, Milán, 1979.
—, *Selected Letters* (edited by Richard Ellmann), The Viking Press, Nueva York, 1976.

—, *Critical Writings*, Faber & Faber, Londres, 1959.

POUND, Ezra: *Pound/Joyce*, New Directions, Nueva York, 1987.

CARPENTER, Humphrey: *Geniuses Together*, Unwin, Londres, 1987.

ORLANDO, Francesco: *Ricordo di Lampedusa*, Vanni Scheiwiller, Milán, 1985.

TOMASI DI LAMPEDUSA, Giuseppe: *Lezioni su Stendhal*, Sellerio, Palermo, 1987.

—, *Letteratura inglese, Volume primo*, Mondadori, Milán, 1990.

—, *Letteratura inglese, Volume secondo*, Mondadori, Milán, 1991.

GILMOUR, David: *The Last Leopard*, Collins Harvill, Londres, 1988.

JAMES, Henry: *The Complete Notebooks*, Oxford University Press, Oxford, 1987.

—, *Autobiography*, Princeton University Press, Princeton, 1983.

—, *Within the Rim*, Collins, Londres, 1918.

—, *A Little Tour in France*, Oxford University Press, Oxford, 1984.

—, *English Hours*, Oxford University Press, Oxford, 1981.

—, *Italian Hours*, Grove Press, Nueva York, 1979.

—, *Parisian Sketches*, Rupert Hart-Davis, Londres, 1958.

JAMES, Henry & Robert Louis STEVENSON: *A Record of Friendship and Criticism*, Rupert Hart-Davis, Londres, 1948.

JAMES, Henry & H. G., WELLS: *A Record of their Friendship, their Debate on the Art of Fiction, and their Quarrel*, Rupert Hart-Davis, Londres, 1958.

HYDE, H. Montgomery: *Henry James at Home*, Methuen, Londres, 1969.

—, 'The Lamb House Library of Henry James', en *The Book Collector*, Volume 16, N°. 4, Invierno, 1967.

EDEL, Leon: *The Life of Henry James* (2 vols.), Penguin, Harmondsworth, 1977.

WHARTON, Edith: *A Backward Glance*, Century, Londres, 1987.

LEE, Vernon: *The Handling of Words*, The Bodley Head, Londres, 1923.

JAMES, Alice: *Diary*, Penguin, Harmondsworth, 1982.

PRAZ, Mario: *Studi e svaghi inglesi* (2 vols.), Garzanti, Milán, 1983.

—, *Il patto col serpente*, Mondadori, Milán, 1973.

DOYLE, Arthur Conan: *Memories and Adventures*, Oxford University Press, Oxford, 1989.

—, *The Great Boer War*, Smith, Elder & Co., Londres, 1900.

CARR, John Dickson: *The Life of Sir Arthur Conan Doyle*, Harper, Nueva York, 1949.

STEVENSON, Robert Louis: *Ethical Studies & Edinburgh: Picturesque Notes*, Heinemann, Londres, 1924.

—, *Memories and Portraits & Memoirs of Himself & Selections from His Notebook*, Heinemann, Londres, 1924.

—, *Further Memories*, Heinemann, Londres, 1924.

—, *Memoir of Fleeming Jenkin & Records of a Family of Engineers*, Heinemann, Londres, 1924.

—, *Letters* (5 vols.), Heinemann, Londres, 1924.

—, *An Inland Voyage & Travels with a Donkey in the Cevennes*, Heinemann, Londres, 1924.

—, *The Amateur Emigrant & The Silverado Squatters*, Heinemann, Londres, 1924.

OSBOURNE, Katharine Durham: *Robert Louis Stevenson in California*, A.C. McClurg, Chicago, 1911.

DAICHES, David: *Robert Louis Stevenson and His World*, Thames & Hudson, Londres, 1973.

TURGUENIEV, Ivan: *Sketches from a Hunter's Album* (selección & traducción de Richard Freeborn), Penguin, Harmondsworth, 1977.

—, *Rudin* (traducido por Richard Freeborn), Penguin, Harmondsworth, 1979.

—, *Literary Reminiscences and Autobiographical Fragments* (traducido por David Magarshack, con un ensayo de Edmund Wilson), Faber & Faber, Londres, 1984.

FLAUBERT, Gustave & Ivan TURGUENIEV: *Correspondance*, Flammarion, París, 1989.

FLAUBERT, Gustave: *Correspondance* (3 vols.), Gallimard, París, 1973, 1980, 1991.

LOTTMAN, Herbert: *Gustave Flaubert* (traducido por Marianne Véron), Fayard, París, 1989.

MANN, Thomas: *Diarios, 1918-1936* (edición y traducción de Pedro Gálvez), Plaza & Janés, Barcelona, 1986.

—, *Diarios, 1937-1939* (edición y traducción de Pedro Gálvez), Plaza & Janés, Barcelona, 1987.

—, *Letters* (selección y traducción de Richard y Clara Winston), Penguin, Harmondworth, 1975.

—, *Los orígenes del Doctor Faustus (La novela de una novela)* (traducción de Pedro Gálvez), Alianza, Madrid, 1976.

—, *Travesía marítima con Don Quijote* (traducción de Antonio de Zubiaurre), Júcar, Madrid, 1974.

MANN, Thomas: *Relato de mi vida*, & Erika Mann: *El último año de mi padre* (traducción de Andrés Sánchez Pascual), Alianza, Madrid, 1969.

NABOKOV, Vladimir: *Speak, Memory, An Autobiography Revisited*, Penguin, Harmondsworth, 1982.

—, *Strong Opinions*, McGraw-Hill, Nueva York, 1981.

—, *Lectures on Russian Literature*, Picador, Londres, 1983.

—, *Lectures on Literature*, Harcourt Brace Jovanovich, Nueva York, 1982.

—, *Lectures on Don Quixote*, Harcourt Brace Jovanovich, Nueva York, 1983.

PROKOSCH, Frederic: *Voices*, Farrar Straus Giroux, Nueva York, 1983.

RILKE, Rainer Maria: *Correspondance* (traducciones de Blaise

Briod, Philippe Jaccottet y Pierre Klossowski), Seuil, París, 1976.
—, *Journaux de jeunesse* (traducidos por Philippe Jaccottet), Seuil, París, 1989.
—, *Lettres sur Cézanne* (traducidas por Philippe Jaccottet), Seuil, París, 1991.
—, *Lettres françaises à Merline, 1919-1922*, Seuil, París, 1984.
—, *Lettres à une amie vénitienne*, Gallimard, París, 1985.
—, *El testamento* (traducción de Feliu Formosa), Alianza, Madrid, 1976.
—, *Epistolario español* (traducción de Jaime Ferreiro Alemparte), Espasa-Calpe, Madrid, 1976.
—, *Antología poética* (traducción de Jaime Ferreiro Alemparte), Espasa-Calpe, Madrid, 1968.
TOUR et TAXIS, Princesse de la: *Souvenirs sur Rainer Maria Rilke*, Obsidiane, Belleville-sur-Vie, 1987.
ANDREAS-SALOMÉ, Lou: *Mirada retrospectiva* (traducción de Alejandro Venegas), Alianza, Madrid, 1980.
LOWRY, Malcolm: *Selected Letters*, Penguin, Harmondsworth, 1985.
DAY, Douglas: *Malcolm Lowry, A Biography*, Oxford University Press, Oxford, 1984.
ACTON, Harold: *Memoirs of an Aesthete*, Methuen, Londres, 1970.
—, *More Memoirs of an Aesthete*, Methuen, Londres, 1970.
DEFFAND, Madame Du: *Cher Voltaire*, Des femmes, París, 1987.
—, *Lettres à H. Walpole, Voltaire et quelques autres*, Plasma, París, 1979.
CRAVERI, Benedetta: *Madame Du Deffand e il suo mondo*, Adelphi, Milán, 1982.
LIGNE, Prince de: *Mémoires, lettres et pensées*, François Bourin, París, 1989.
STRACHEY, Giles Lytton: *Biographical Essays*, Harcourt Brace & World, Nueva York, sin fecha.

WALPOLE, Horace: *Selected Letters*, Dent, Londres, 1967.
—, *Days of the Dandies*, The Grolier Society, Londres, sin fecha.
KIPLING, Rudyard: *Something of Myself*, Penguin, Harmondsworth, 1977.
—, *Stalky & Co.*, Macmillan, Londres, 1982.
AMIS, Kingsley: *Rudyard Kipling*, Thames & Hudson, Londres, 1975.
HARRIS, Frank: *Contemporary Portraits, First Series*, Mitchell Kennerley, Nueva York, 1915.
—, *Contemporary Portraits, Second Series*, Publicado por el autor, Nueva York, 1919.
—, *Contemporary Poitraits, Third Series*, Publicado por el autor, Nueva York, sin fecha.
—, *Contemporary Portraits, Fourth Series*, Grant Richards, Londres, 1924.
RIMBAUD, Arthur: *Oeuvres complètes*, Gallimard, París, 1963.
—, *'Je suis ici dans les Gallas'*, Éditions Du Rocher, Mónaco, 1991.
—, *Lettres de la vie littéraire*, Gallimard, París, 1990.
STARKIE, Enid: *Arthur Rimbaud* (traducción de José Luis López Muñoz), Siruela, Madrid, 1989.
BARNES, Djuna: *New York*, Sun & Moon Press, Los Ángeles, 1989.
—, *I Could Never Be Lonely without a Husband*, Virago, Londres, 1985.
FIELD, Andrew: *Djuna, the Formidable Miss Barnes*, University of Texas Press, Austin, 1985.
BOWLES, Paul: *Without Stopping, an Autobiography*, The Ecco Press, Nueva York, 1985.
ELLMANN, Richard: *Oscar Wilde*, Hamish Hamilton, Londres, 1987.
—, *Four Dubliners*, George Braziller, Nueva York, 1987.
WILDE, Oscar: *Letters* (edición de Rupert Hart-Davis), Rupert Hart-Davis, Londres, 1963. *More Letters* (edición de Rupert

Hart-Davis), The Vanguard Press, Nueva York, 1985. [Selección editada por Siruela, Madrid, 1992.]
CROFT-COOKE, Rupert: *Feasting with Panthers,* Holt Rinehart & Winston, Nueva York, 1967.
SMITH, Timothy d'Arch: *Love in Earnest,* Routledge & Kegan Paul, Londres, 1970.
DOUGLAS, Lord Alfred: *Oscar Wilde, A Summing-Up,* The Richards Press, Londres, 1950.
LEGALLIENNE, Richard: *The Romantic '90s,* Putnam, Londres, 1951.
LAVER, James: *Oscar Wilde,* The British Council, Londres, 1954.
GIDE, André: *Oscar Wilde in memoriam (Souvenirs),* Mercure de France, París, 1989.
—, *Journal 1889-1939,* Gallimard, París, 1986.
—, *Journal 1939-1949 & Souvenirs,* Gallimard, París, 1984.
ADLARD, John: *Stenbock, Yeats and the Nineties,* Cecil & Amelia Woolf, Londres, 1969.
—, *Christmas with Count Stenbock,* Enitharmon Press, Londres, 1980.
STOKES, Henry Scott: *The Life and Death of Yukio Mishima,* Farrar Straus Giroux, Nueva York, 1982.
MISHIMA, Yukio: *Confessions of a Mask* (traducción de Meredith Weatherby), Panther, Frogmore, 1977.
—, *On Hagakure: The Samurai Ethic and Modern Japan* (traducción de Kathryn Sparling), Penguin, Harmondsworth, 1979.
YOURCENAR, Marguerite: *Mishima ou la vision du vide,* Gallimard, París, 1989.
STERNE, Laurence: *The Life and Opinions of Tristram Shandy, Gentleman,* J L Legrand, Basilea, 1792.
—, *A Sentimental Journey through France and Italy,* J.G.A. Stoupe, París, 1780.
—, *A Sentimental Journey & The Journal to Eliza,* Dent, Londres, 1969.

—, *Second Journal to Eliza,* G. Bell, Londres, 1929.

—, *Letters* (edición de Lewis Perry Curtis), Oxford University Press, Oxford, 1965.

HALL-STEVENSON, John: *Yorick's Sentimental Journey Continued,* The Georgian Society, Londres, 1902.

FLUCHÈRE, Henri: *Laurence Sterne, de l'homme à l'oeuvre,* Gallimard, París, 1961.

TRAUGOTT, John: *Tristram Shandy's World,* Russell & Russell, Nueva York, 1970.

CROSS, Wilbur L.: *The Life and Times of Laurence Sterne,* Russell & Russell, Nueva York, 1967.

BARETTI, Giuseppe: *Scritti,* Einaudi, Turín, 1976.

作家回忆录书目

FAULKNER, William: *Si yo amaneciera otra vez*, Javier Marías (con 12 poemas de W. Faulkner traducidos por Javier Marías), Alfaguara, Madrid, 1997.

CONRAD, Joseph: *El espejo del mar* (traducción de Javier Marías, prólogo de Juan Benet), Reino de Redonda, Madrid, 2005.

DINESEN, Isak: *Ehrengard* (prólogo y traducción de Javier Marías), Reino de Redonda, Madrid, 2001.

—, *Últimos cuentos* (traducción de Alejandro Vilafranca del Castillo, prólogo de Javier Marías), Debate, Madrid, 1990.

STEVENSON, Robert Louis: *De vuelta del mar* (traducción de Javier Marías), Hiperión, Madrid, 1980.

NABOKOV, Vladimir: *Desde que te vi morir*, Javier Marías (con 18 poemas de V. Nabokov traducidos por Javier Marías), Alfaguara, Madrid, 1999.

STERNE, Laurence: *La vida y las opiniones del caballero Tristram Shandy & Los sermones de Mr Yorick* (traducción de Javier Marías, prólogo de Andrew Wright), Alfaguara, Madrid, 1999.

HARDY, Thomas: *El brazo marchito* (traducción de Javier Marías), Alianza, Madrid, 1984, Reino de Redonda Madrid, 2003.

YEATS, William Butler: *El crepúsculo celta* (traducción de Javier Marías), Reino de Redonda, Madrid, 2003.